KB130404

브루잉 커피와 카페 투어

차민영 지음

하움

투어를 시작하기 전에

핸드드립 커피를 처음 맛봤을 때의 신세계가 열리는 기분은 아직도 잊을 수가 없다. 오랜만에 흥미로운 주제를 만나서 좀 더 알아보기 위해 여러 곳을 다니며 커피 추출에 대해 배우고 그곳에서 직접 추출한 커피를 실습생들과 같이 나눠마시며 웃고 떠들던 기억이 아직도 기분 좋게 남아 있다. 하지만 혼자서 드립 커피를 추출하면 배웠던 곳에서의 그 맛이 나지를 않았고 하면 할수록 미궁 속으로 빠져드는 기분이 들어 안타까운 적이 한두 번이 아니었다. 시간이 흐르고 개인적인 추출 솜씨도 안정이 되었을 때 카페에서 파는 맛있는 드립 커피는 어떤 레시피를 가지고 있는지 궁금해지기 시작했고 그때부터 카페 투어를 시작해서 10년이 다 되어가고 있다. 좋은 커피 맛을 기대하며 카페에 들어서면 인테리어가 잘 되어 있는 곳, 손수 인테리어를 해서 정성이 묻어나는 곳, 카페 사장님들의 감성이 그대로 묻어나는 곳 등을 만나게 되었고 그곳들을 보고 느끼는 재미가 꽤 쏠쏠하여서 의외의 수확이란 생각이 들었고 새로운 카페를 방문할 때는 이번에는 어떤 모습을 하고 있을까 사뭇 기대가 되었다. 카페 투어 초기에는 드립 커피를 잘 하는 곳 외에도 간간이 에스프레소가 맛있는 곳, 디저트가 맛있는 곳, 빵이 맛있는 곳, 해외 업체 원두를 쓰는 곳, 주변 경치가 좋은 대형 카페를 섞어서 다녔었는데 시간이 지날수록 드립 커피를 잘하는 곳으로 발걸음이 더 잦아지게 되었다. 결국은 커피 맛이 좋은 카페가 가고 싶은 곳이 됐던 거였다. 그 후로는 직접 로스팅을 하는 로스터리 카페, 커피 전시회에서 맛보았던 커피가 맛있는 곳, SNS 상에서 커피 맛집으로 회자되는 곳을 찾아가기 시작했다. 대부분의 커피 맛은 만족스러웠고 그 카페 공간에서 느낌을 찾아내는 재미도 만만치 않게 되었다.

이번 책에서는 94개의 카페를 소개하게 되었는데 그 기준은 다음과 같았다. 블로그에 게재된 카페들 중에서 검색을 통해서 그동안 없어진 카페, 이사를 간 카페, 너무 오래전에 방문한 카페, 이번 콘셉트와 맞지 않는 카페들은 제외를 하였고 최근 3년 동안에 큰 변화가 없었고 같은 주소지에서 계속 영업을 하고 있는 카페들을 선정하였다. 책의 구성은 카페 공간, 메뉴판, 브루잉 레시피, 주문한 메뉴 순으로 이루어졌다.

처음 그 카페 공간에 들어섰을 때의 느낌과 구성요소들을 설명하려고 노력하였으며, 메뉴 파트는 각 카페들마다 에스프레소 관련 메뉴와 브루잉 커피 외에도 티, 에이드, 시그니처 메뉴 등 세분화된 곳들이 많아서 큰 구성으로만 소개를 하였다. 같은 메뉴라도 이름 표기 방식이 조금씩 달랐는데 메뉴판에 적혀있는 그대로 표기를 하였다. 그 카페에서 제공하고 있는 블렌드 커피와 싱글 오리진 커피는 메뉴판에 표시되어 있는 이름 그대로를 쓰려고 하였다. 우리나라 전문 카페들이 전문성이 더 깊어짐에 따라 원두가 생산된 국가, 지역, 농장, 가공방법, 품종 등을 메뉴판에 적시해 놓은 곳이 많아졌다. 처음 메뉴판에서 이런 설명들을 보면 어렵고 복잡해 보일 수 있는데 반복해서 보다 보면 친숙해질 거라는 생각에 일일이 열거를 하였다.

레시피 부분에서는 우선 브루잉 커피를 추출할 때는 일반적으로 농도 1.20~1.45, 추출 수율 18~22% 기준안에 들어와야 맛있는 커피라고 한다. 그 기준에 맞게 추출하기 위해서는 원두 양, 물의 양, 원두의 분쇄도, 물의 온도, 교반, 추출 시간을 잘 맞춰야 하는 작업이 필요하다. 그 외에도 추출도구, 물 등도 중요한 요소라 할 수 있다. 물 85~95도, 커피와 물의 비율 1: 16 전후, 추출 시간 2분~3분 정도가 요즘 책이나 카페 등에서 많이 쓰이는 레시피이다. 이런 전제를 다는 것은 카페를 방문하면 매장이 바쁘거나, 레시피를 자세히 알려주기를 원치 않거나, 온라인 쇼핑

몰에 나온 레시피를 이용하기를 원하거나, 아니면 직접 메모까지 하여 자세히 알려 주는 경우도 있었다. 추접 커피를 추출하시는 분이 알려주는 대로 게재를 하였다.

주문한 메뉴의 경우에는 브루잉 커피를 기본으로 에스프레소, 디저트, 시그니처 메뉴 등을 같이 시켜보곤 했다. 로스팅 한 커피에는 약 1000 종류 이상의 화학 물질이 들어 있다고 하고, 커피의 향, 색, 맛은 이들 수많은 화학 물질들이 조화를 이루어 형성된 종합 예술품이라고 한다. 각 나라의 각 지역에서 온 커피 들의 맛과 향은 참으로 다양하여 주관적으로라도 표현하기는 어려운 일일 것이다. 단맛, 신맛, 쓴맛, 바디감, 향, 밸런스를 기준으로 SCA에서 나오는 플레이버 필을 기준으로 커핑에서 실습할 때 표현했던 방식대로 표현하려고 했으며 주관적인 표현이었음을 미리 알리려고 한다.

분쇄된 원두가루에 물을 붓고 필터로 커피를 거르는 과정을 브루잉이라고 한다. 핸드드립, 추출 기구에 의해 추출된 커피와 에스프레소를 브루잉의 일종이라고 보나, 일반적으로 머신으로 추출한 에스프레소를 제외한 커피들을 브루잉 커피라고 한다. 드립 도구 외에 다른 추출 기구를 사용하는 카페들도 있어서 이 책에서는 브루잉 커피로 통일하기로 하였다.

맛있는 브루잉 커피를 마시러 카페에 가기 전에 알아두어야 할 사전 지식을 짧게나마 전하였으니 재밌는 투어를 지금 시작하길 바란다.

2023년 11월에

.방문한 카페에서 사용한 드리퍼, 도구 종류

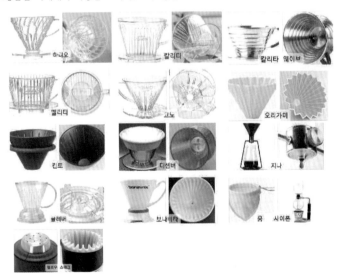

순 서

1 빈터 커피 바

서울 강남구 강남대로162길 41-22 오로라빌 1층 101호
https://instagram.com/vinter_coffee_bar

신사중학교에서 5분 정도 가면 나오는 가로수길 어느 골목에서 짙은 브라운의 내추럴한 분위기를 풍기는 '빈터 커피 바'를 만날 수 있다. 실내로 들어서니 공간의 많은 부분을 커피를 제조하는 바가 차지하고 있고 그 주변에 편안한 좌석들이 마련되어 있어서 바리스타들이 커피 만드는 모습을 보며 음료를 즐기는 공간으로 보였고, 전체적으로 조금은 낡은 듯하면서도 편안한 분위기를 자아내고 있었다. 바 옆에 놓여 있는 원두 판매대와 세분화된 커피 메뉴판 등은 이곳이 커피를 주메뉴로 하는 공간임을 말해 주는 듯했고 주변 직장인들이 커피를 사기 위해 자주 드나드는 모습을 볼 수 있어서 이곳이 커피 맛집으로 보였다.

메뉴는 다양한 커피 베리에이션 음료가 포함된 커피와, 차 사과주스 와인 맥주 등이 포함되어 있는 티와 베버리지, 간단한 디저트로 구성되어 있다. 아메리카노 선택 시에는 갓 볶은 땅콩, 달 달함, 부드러운 산미를 가진 '포시즌' 과 구수함, 당밀, 초콜릿의 맛과 산미가 없는 '스터키'와 ' 디카페인' 3개의 원두 중에서 선택할 수 있다.

필터 커피 주문 시에는 별도로 마련되어 있는 메뉴판에서 원두를 선택하면 됐고 다음과 같은 원두들이 준비되어 있다.
코스타리카 볼칸 아술 오바타 내추럴, 에티오피아 콩가, 온두라스 마리포사스 무산소발효 허니, 과테말라 누에보, 브라질 레크 레이오

.코스타리카 볼칸 아술 오바타 (오늘의 싱글)
밝은 과일의 산미와 스토로베리의 뉘앙스가 느껴졌고 적당한 단맛과 바디감으로 균형을 이루었다. 산뜻한 산미가 기분을 밝게 해주는 느낌이었다.

.레드벨벳 크림치즈 휘낭시에
자줏빛을 띠는 달콤한 케이크 사이에 동글동글한 크림치즈가 들어가 있어 보는 재미와가 있는 맛있는 맛이었다. 산미가 있는 커피와 함께하니 잘 어울렸다.

2 키헤이커피

서울 강남구 봉은사로78길 15 1층 101호 재정빌딩
https://instagram.com/kihei_coffee

삼성중앙역 7번 출구에서 나와 3분 거리에 있는 골목에 들어서면 하얀 대리석 외관에 노란색으로 포인트를 준 '키헤이커피'를 만날 수 있다. 적당한 규모의 실내 공간의 한쪽은 큰 바가 또 다른 쪽은 원두 진열대와 벽을 끼고 긴 의자와 테이블 이 놓여 있는 구조였고, 전체적으로 베이지 톤에 붉은 파스텔 톤 조명을 포인트로 사용한 실내는 깨끗하면서도 따뜻한 분위기를 만들고 있었다. 'ㄱ'으로 된 바에는 디저트 박스, 주문대, 필터 커피 도구들이 차례대로 놓여 있었고 그 뒤편에 2구 라마르조코 커피 머신과 말코닉, 메져 그라인더들이 놓여 있는 모습을 볼 수 있었다.

메뉴는 커피, 논 커피, 티, 필터 커피로 크게 구성되어 있었고, 필터 커피에는 다음과 같은 쓰리막스 싱글 오리진 커피 4종류가 준비되어 있었다.
콜롬비아 네스터 라쏘 옴블리곤, 브라질 다테하 마스터피스 라우리나, 케냐 카빈가라 워시드. 코스타리카 린다 비스타 레드 허니
이곳에서는 스페인 바르셀로나에서 영업 중이며 유럽에서 인지도가 있는 'Three Marks Coffee'의 원두를 들여와 커피 음료를 만들고 있다고 했다.

.필터 커피 레시피
펠로우 스태그 드리퍼를 사용하여 원두 16g에 물 256g을 푸어링 하여 커피를 추출했다.

.코스타리카 린다 비스타 레드 허니 (필터 커피)
레몬의 쌉싸름한 신맛과 사탕수수의 자연스러운 단맛을 대추의 질감이 받쳐주고 있었고 시나몬의 뉘앙스가 뒤를 이어갔다.
과육을 조금 남겨 놓고 말리는 허니 가공 과정을 거쳐서 진한 단맛을 낸다는 설명이 있었다.

.초코범벅쿠키
간간이 피칸이 씹히는 달콤하고 진득한 초코쿠키 위에 딱딱한 초콜릿 옷이 잔뜩 입혀져서 극강의 초코 쿠키 맛을 냈다.

3 마그마커피

서울 강남구 선릉로 570 1층

https://instagram.com/magmacoffee_official

선정릉역 1번 출구에서 나와서 5분 정도 대로변을 따라 내려가다가 보면 'MAGMA COFFEE' 란 큰 글자가 한눈에 들어오는 화이트톤의 깔끔한 외관을 가진 카페를 볼 수 있다. 블랙과 화이트의 조합으로 심플해 보이면서 깔끔한 느낌을 주는 실내는 전면 창으로부터 들어오는 주변 풍경으로 인해 편안함을 더하고 있었다. '마그마커피'는 콜롬비아 농장주이자 미국 등 여러 곳을 다니며 일을 해온 콜롬비아 사장님과 한국 사장님이 공동으로 운영하는 곳이며, 전 세계 산지를 돌며 엄선한 스페셜티 커피를 다이렉트 트레이드하고 있고 각각의 커피가 가진 개성을 살려 최상의 기술로 로스팅하고 있다고 했다.

메뉴는 크게 커피, 시그니처, 티, 필터 커피, 아더로 구성되어 있다.
에스프레소 음료를 주문할 때 두 가지의 원두 중에서 선택이 가능했는데, 부드럽고 상큼한 원두인 '에트나'와 묵직하고 고소한 뉘앙스인 '마우나 로아' 블렌드 가 준비되어 있었다.

필터 커피를 위해서는 콜롬비아 엘파라이소 쥬시, 에티오피아 수케 쿠토, 브룬디 로얄 비츠, 콜롬비아 디카페인, 케냐 리오, 콜롬비아 톨레도, 콜롬비아 타마라, 우간다 캬무쿠베로 8종의 스페셜티 커피가 준비되어 있었다.

.필터 커피 레시피
하리오 드리퍼를 사용하여 원두 20g에 물 온도는 93˚c로 약 1:16을 적용하여 물 320g을 푸어링하여 추출한다고 했다.

.브룬디 로얄 비츠 (필터 커피)
허브의 비터니스, 꿀 같은 달콤함과 붉은 계열 과일의 밝은 산미가 어우러져 산뜻한 맛을 내고 있었고 대추의 질감으로 좋은 바디감을 가지고 있었다.
상큼한 주스를 따뜻하게 데운 맛으로 깔끔한 여운을 남겼다.
.에트나 (에스프레소)
밀크 초콜릿에 과일 시럽과 설탕시럽이 조금씩 추가된 맛으로 꽉 찬 느낌의 밀도 있는 에스프레소였다
콜롬비아, 에티오피아, 브라질이 블렌딩된 커피라고 한다.
.우간다 캬무쿠베 (필터 커피)
땅콩 캐러멜의 고소함과 달콤함에 초콜릿 함과 베리류의 산미가 혼합된 맛으로 새로운 느낌의 스페셜티 커피 맛이었다. 역시나 깨끗하고 신선한 맛, 그러면서도 편안한 맛이었다.
.크림 브륄레 에스프레소
설탕이 굳어 있는 표면을 깨고 그 안에 있는 달콤하고 부드러운 크림을 떠먹고, 초코 파우더와도 같이 먹은 다음, 다크초콜릿의 진한 풍미가 있는 에스프레소와 섞어 먹으니 짙은 풍미를 가진 맛있는 콘파냐를 먹은 느낌이었다.

4 커피스니퍼 역삼 센터필드점

서울 강남구 테헤란로 231 센터필드 지상 2층 E207호
http://www.instagram.com/koffee.sniffer

과거 유럽에서 커피향을 찾아다니며 서민들이 커피를 마시는 것을 막던 이들을 의미하는 '커피스니퍼'라는 이름이 인상적으로 다가와 시청 뒤쪽, 북창동에 위치한 이곳을 다녀온 적이 있다. 모던하면서도 묵직해 보이는 인테리어와 라테가 인상적이었다. 이번엔 센터필드점으로 가보기로 하였다. 역삼역 8번 출구에서 나와 6분 정도 가다 보면 나오는 센터필드 2층에 위치해있었고 외부에서도 직접 진입할 수 있었다. 야외정원의 푸른 나무들로 둘러싸여 있는 건물 한쪽 끝에 위치한 'Koffee Sniffer'의 첫인상은 평화로워 보였다. 공간을 둘러싸고 있는 큰 창들을 통해서 바깥의 화사한 오후의 햇살이 그대로 들어오고 있었고, 짙은 그린 톤을 배경으로 원목과 블랙의 가구를 조화롭게 배치한 실내는 안정감과 함께 세련됨을 같이 가지고 있었다. 조금은 소리가 크다고 느낄 수 있는 비트 있는 음악은 이곳에 생동감을 불어넣어 주고 있다.

메뉴는 크게 커피, 시그니처 드링크, 논 커피, 티, 필터 커피로 구성되어 있다. 커피 메뉴는 이곳 블렌드로 제조되고 2,000 원 추가 시에 싱글 오리진으로 변경이 가능했다. 필터 커피에는 과테말라 칼리버스 라 시에라 게샤 워시드 COE#9, 케냐 기티루 마이크로랏 워시드 AA, 에티오피아 게뎁 첼베사 워시드, 브라질 리오 클라로 네츄럴, 콜롬비아 피오네로스 디카페인으로 5종의 싱글 오리진 커피가 준비되어 있었다.. 사이드 메뉴로 도넛이 준비되어 있었고 이곳에서 직접 로스팅한 원두들과 드립 백이 매장 내에서 판매 중이었다. 다양한 결제 방법과 기프트 카드도 발행하여 손님들의 편의성에 신경을 쓰고 있는 모습을 볼 수 있었다.

.필터 커피 레시피
하리오 V60 사용, 원두 18g 물양 280g (hot) (1: 15.5)
Time: Hot 2:00-2:20

.케냐 기티루 마이크로랏 워시드 AA (필터 커피)
토마토의 향미와 그린 허브의 풋풋함이 신선하게 느껴질 즈음 깊은 단맛과 쌉싸름함으로 마무리했다. 깊이 있는 향미로 고급스러운 커피 느낌을 주었다.

.커스터드 라테
커스터드 크림 위에 샌크림, 에스프레소, 코코아 파우더가 올라간 형태로 아이스로 제공이 되었다. 달콤하고 고소한 라테 맛이었다. 커스터드를 분말을 쓴다는 설명을 들었는데 커스터드의 몽글한 느낌이 없는 것이 아쉬웠다.

5 채스우드커피

서울 강동구 성안로 42 1층
https://instagram.com/chatswoodcoffee

올림픽 공원 역 3번 출구에서 나와 10분 정도 가다 보면 상가거리가 나오고 그 거리를 지나면 나오는 작은 도로변 쪽에 위치한 '채스우드커피' 볼 수 있었다. 마침 방문한 날에 날씨가 좋아서 창문이 다 열려 있었고, 야외 좌석에 앉아 있는 손님들의 모습이 여유로워 보였다. 시멘트가 노출된 실내 공간을 배경으로 우드 톤의 벽과 가구들이 적절히 배치되어 있어서 캐주얼하면서도 밝은 느낌을 주고 있었다. 공간 한가운데 놓여 있는 바 주변에는 'SYDENEY' 'CHATSWOOD'란 팻말이 놓여 있어서, 마치 시드니 한 카페에 들어온 기분이 들었다.

메뉴는 크게 에스프레소, 콜드 브루, 싱글 오리진, 시즌으로 구성되어 있다. 에스프레소 메뉴를 위한 블렌드로는 고소한 견과류에 달콤한 초코 파우더를 첨가한듯한 맛에 부드러운 향미와 바디감을 가지고 있는 'Town Hall' 과 베리의 달콤함과 바닐라의 부드러움을 가지고 있는 'Manly'

와 'DECAF'가 준비되어 있었고, 필터 커피를 위해서는 케냐 커피와 에티오피아 커피가 준비되어 있었다. 바나나 브레드와 몇몇 쿠기가 디저트 박스에 진열되어 있는 모습을 볼 수 있었다.

필터 커피 레시피
원두 20g에 뜸을 들인 다음 총 240g의 물을 원 푸어링 한다고 하며, 원두에 따라 물의 양이 조금씩 달라 잔다고 했다.
1인분 커피에 하리오 3~4인용 드리퍼를 사용하는 것이 특이하게 눈에 들어왔다.

.케냐 탑 기체로리 (필터 커피)
토마토의 산미와 향이 은은한 단맛, 너트의 고소함과 만나서 맛의 균형을 이루었다. 익히 알고 있었던 케냐 커피 맛에 고소함이 추가된 맛이었다.

.오지 카푸치노
시나몬 가루 대신에 뿌려진 초코 파우더를 시작으로 카푸치노의 도톰한 거품을 뚫고 입안으로 들어오는 커피우유는 쓴맛, 단맛, 부드러운 맛이 적당히 균형을 이루고 있었고 초코 파우더의 맛으로 마무리하였다. 캐주얼한 초코 카푸치노의 느낌이었다..

6 커피몽타주

서울 강동구 올림픽로48길 23-12 1층
https://instagram.com/coffeemontage

강동구청 역 3번 출구에서 나와 4분 정도 가다 한 골목으로 들어서면 '커피몽타주'를 만날 수 있다. 위치는 그대로이고 외관도 그대로인 것 같은데 무게감 있어 보이는 나무로 된 문이 새로 눈에 들어왔다. 실내로 들어서니 그전과는 다른 좀 더 환하고 밝은 새로운 모습이어서 직원분께 물어봤더니 다녀간 이후로 리모델링을 하였다고 했다. 실내를 온통 차지하고 있는 파스텔 톤의 퍼플과 그린의 조합은 안정되면서도 세련된 느낌을 주었고, 문 옆으로 난 통창을 통해 들어오는 주변의 풍경과 햇볕은 편안함과 개방감을 더해주었다. 실내 중앙에 큰 자리를 차지한 'ㄷ'형 바에는 에스프레소 장비, 브루잉 추출 도구, 디저트, 주문대 등이 차례대로 놓여 있었다.

메뉴는 크게 에스프레소, 콜드브루, 논 커피, 디저트, 브루잉으로 구성되어 있다. 디저트로는 우리 쌀로 만든 마들렌과 휘낭시에가 준비되어 있었고 콜드브루가 냉장고 박스에 진열되어 있는

모습을 볼 수 있었다.

에스프레소 파트는 블렌드 비터스윗 라이프와 센스 앤 센서빌리티 중에서 선택 할 수 있었고 브루잉 커피에는 다음과 같은 세 가지 원두가 준비되어 있다. 인도 젬스 오브 아라쿠 워시드, 코스타리카 꼬라손 데 헤수스 더블 언에어로빅 내추럴, 콜롬비아 우일라 디카페인

.브루잉 커피 레시피

원두 16g에 1:16을 적용하여 250g의 물을 푸어링 하여 커피를 추출했다. 하리오 드리퍼에 케맥스 필터지를 끼워 사용하고 있었고 물의 유속을 조금 더 느리게 하기 위함이라고 했다.

.인도 젬스 오브 아라쿠 워시드(브루잉 커피)

원두를 분쇄할 때부터 땅콩의 고소함이 올라왔고, 한입 마시니 견과류의 고소함, 옥수수의 구수함, 자몽의 신맛이 어우러진 맛으로 깔끔함으로 마무리하였다. 식을수록 청량한 단맛이 살아 올라왔다. 인도 아라비카 종이라고 했다.

.센스 앤 센서빌리티 (에스프레소)

버터의 부드러움이 과일의 밝은 산미, 설탕의 단맛과 조화롭게 섞인 맛이 느껴질 즈음에 과일의 향긋한 향이 뒤따라 왔다. 톡 쏘는 산미가 정신을 번쩍 들게 하는 맛이었다. 케냐와 에티오피아의 블렌드

7 파이오니어커피

서울 강동구 올림픽로 572 1층 110호
https://instagram.com/pioneercoffee_

강동구청 역 1번 출구에서 200m 정도 떨어진 대로변의 살짝 꺾인 골목의 상가 1층에 이곳이 위치하고 있었다. 레트로한 느낌의 'PIONEERCOFFEE'가 쓰인 외관을 뒤로하고 실내로 들어서니 붉은 벽돌로 된 벽, 고풍스러운 조명등, 낡은듯한 카펫, 빈티지한 모습의 원목 가구들과 책장 등이 한눈에 들어오면서 마치 미국의 한적한 시골을 지나가다 들릴 수 있는 카페의 모습을 하고 있었고, 스피커에서 흘러나오는 둔탁한 소리의 재즈와 사장님의 멜빵바지는 더 힘을 실어주는 듯했다. 에스프레소 머신과 브루잉 추출도구들이 놓여 있는 공간과 그 옆에 커피에 관한 여러 메모들이 붙어 있는 모습들을 볼 수 있어서 이곳 사장님의 커피에 대한 관심을 어렴풋이 엿볼 수 있었다.

메뉴는 커피, 파이오니어 시그니처, 브루잉, 아더즈, 윈터 스페셜, 티, 디저트로 구성되어 있다. 브루잉 커피를 위해서는 콜롬비아 핑카 아미고스 수단 루메, 콜롬비아 산 추아리오 핑크버본 에일, 코스타리카 볼칸 아슬 카투라 네추럴, 에티오피아 게.뎁 첼베사 워시드, 에티오피아 벤사 봄베 베켈레 카차라로 총 5가지의 원두가 준비되어 있었다. 디저트로는 얼그레이 마들렌과 빅토리아 케이크가 준비되어 있었다.

.브루잉 커피 레시피
하리오 드리퍼를 사용하여 20g의 원두에 1:15를 적용하여 300g 물을 푸어링 하여 커피를 추출하며 총 추출 시간은 2~ 2분 30초라고 했다.

.산추아리오 핑크버본 에일 (콜롬비아) (브루잉 커피)
플로럴한 향기가 향기롭게 다가왔고 자몽의 상큼한 신맛과 단맛을 느낄 즈음 맥주의 쌉싸름함이 따라와 마무리를 하였다. 강한 신맛을 가지고 있으면서도 적당한 무게감을 가지고 있는 커피였다. 이 커피는 발효된 커피체리 주스인 모스토와 홉을 넣고 무산소 상태로 72시간 1차 발효를 한 후에 동일하게 2차 발효를 진행한 언에어로빅 프로세싱 과정을 거쳤다고 한다.

.라떼 마이크로폼
질소가 들어간 라떼에 캐모마일 시럽이 들어간 음료로 민트의 화한 느낌과 부드러운 거품으로 인해순하게 느껴지는 기분 좋은 라떼였다. 이곳 사장님은 미국의 유명 카페인 '라 콜롬보'의 질소 커피가 인상적이어서 이런 메뉴를 만들게 되었다고 한다.

8 달달한카페

서울 노원구 화랑로55길 7
http://www.instagram.com/daldalhancafe_

6호선 화랑대역에서 내려 버스를 타고 몇 정거장 더 가서 서울여대 근처 정류장에서 내렸다. 10월이라는 계절과 이곳의 풍경이 만나는 지점이어서 인지 조용하면서도 평화로움 그 자체였다. 약간의 경사진 길을 올라가서 볼 수 있는 붉은 벽돌집인 '달달한 카페'는 이곳 주변 풍경에 동화되어서 하나의 그림을 만들어 내고 있었다. 카페 문을 열고 들어서니 화사한 햇빛을 머금은 기다라면서도 아담한 공간이 한눈에 들어왔다. 흰색 배경에 작은 조명들이 곳곳에 배치되어 있는 실내에는 밝은 톤의 원목 가구들이 배치되어 있었고 재즈음악이 은은하게 흐르고 있어서 뭔가 무거운 생각들을 내려놓아야 할 것 같은 편안함과 안정감을 주고 있었다. 바깥 풍경을 보며 잠시 힐링의 시간을 가져도 좋을 장소로 보였다.

메뉴는 크게 커피, 밀크, 에이드/ 드링크, 티, 차, 아이스크림 등으로 구성되어 있다. 아메리카노는 코스타리카 블렌딩을 사용하고 있고 디카페인 커피는 에티오피아 블렌딩을 사용하고 있다. 필터 커피는 에티오피아 블렌딩 'REVE', 코스타리카 블렌딩 'LUCKY5' 중에서 선택할 수 있다. 스콘, 조각 파이. 마들렌, 쿠키 등이 메뉴판 옆에 디저트로 준비되어 있는 모습을 볼 수 있었다.

필터 커피는 신맛이 살짝 있는 'REVE'를 선택하였다. 드립 하는 사진이랑 레시피를 묻고 싶었는데 사장님이 꺼려 하셔서 아쉽게도 찍지를 못하였다.

.REVE 꿈:에티오피아 블렌딩 (필터 커피)
토마토인가 할 즈음 묵직하면서도 쌉싸름한 와인의 맛과 산미가 느껴졌고 이들과 함께 하는 단맛이 뒤로 길게 이어졌다. 맛있는 커피를 마시면 기분이 좋아지면서 안정감이 들 때가 있는데 이 커피가 그런 경우였다.

.스트로베리 스콘
달걀 맛이 많이 느껴지는 스콘을 씨가 간간이 씹히는 스트로베리 잼에 찍어 먹으니 건강식을 먹는 느낌이었다.

9 슈퍼 내추럴

서울 동대문구 전농로23길 78
https://instagram.com/supernatural_professional

청량리역 1번 출구에서 나와 10분 정도 기존 동네를 지나서 아파트 단지 쪽으로 가다 보면 그 끝자락에서 '슈퍼 내추럴'을 볼 수 있다. 아담해 보이는 실내는 벽과 바닥의 시멘트가 노출되어 있고 벤치 같은 의자와 화이트의 네모난 테이블들을 배치해서 빈티지하면서도 편안한 분위기를 연출하였다. 반면에 스피커에서 나오는 비트 있는 팝송은 이 공간을 더욱 힙하게 하여 젊은 느낌의 로컬 카페로 보이게 했다. 음료를 주문하고 만드는 바는 커피 머신, 여러 대의 그라인더와 필터 커피 추출 도구들, 그리고 이곳에서 사용하는 다양한 원두의 백들과 커피잔들이 놓여 있어서 맛있는 커피를 만들기 위한 전문 공간으로 보였다. 이곳 사장님은 일본의 글리치 커피 (Glitch Coffee)를 수입하여 유통하는 일을 하다 최근에 쇼룸 겸 카페를 오픈하였다고 했다.

이곳의 메뉴는 커피, 논 커피, 디저트 (브라우니)로 단순화되어 있고, 필터 커피를 주문 시에는 바 앞에 놓인 원두들 중에서 선택할 수 있다고 했다. 원두의 종류에 따라 가격이 7.000~15,000 원대로 책정되어 있었고, 엘살바도르와 브라질 커피가 COE (Cup Of Excellence) 순위에 들어가는 커피라 비싼 가격대에 속한다고 했다.

.필터 커피 레시피
17.5g의 원두에 약 270g의 물, 물의 온도 87 °c
뜸은 50초 정도 들인 다음에 푸어 오버 방식으로 추출하고 추출 마지막 단계에 추출 구를 작게 조절하여 방울방울 떨어지게 마무리를 한다고 했다.

이곳에서 사용하는 드리퍼는 슬로베니아의 고트 스토리에서 만든 지나 (GINA) 드리퍼로 얼핏보기에 하리오 비슷한 모습이지만 추출 구가 직고 조임 나사가 있어 입구 크기의 조절이 가능하다고 했다.

.케냐 니에리 마간조 (필터 커피)
글리치 커피는 어떤 맛일까 궁금증을 가지고 한입 들이켰다. 토마토에 쌉싸름함이 더해진 그린 토마토의 맛이 났고 그 뒤에 브라운 슈거의 단맛과 과일의 신맛이 따라왔다. 그 외에도 커피에서 여러 성분이 녹아난 듯한 맛이 느껴져서 마치 대추차의 질감을 연상케 했다. 이는 추출 순서에 따라 추출 구를 조절할 수 있는 지나 드리퍼의 영향이 아닐까 하는 생각을 해보았다. 전체적으로 깨끗한 커피 맛은 끝까지 유지를 했다.

10 로익스커피

서울 마포구 광성로 31-1 1층
https://instagram.com/roexcoffee

서강대 정문에서 길을 건너 경의선 숲길을 가로질러 6분 정도 가다 보면 도로변에 위치한 '로익 스커피'를 만날 수 있다. 로익스 (ROEX)'는 ROASTING/ EXTRACTION 합성어로 카페 운영과 함께 로스팅 바리스타 교육도 함께 진행될 예정이라고 했다. 그래서인지 실내는 음료를 주문하고 마실 수 있는 공간과 그에 버금가는 크기의 로스터기가 놓여 있는 랩실이 있는 것을 볼 수 있 었다. 실내는 전체적으로 화이트 톤 배경에 화이트 톤 가구들을 배치한 가운데 브라운 톤의 원목 으로 포인트를 주어서 깔끔한 분위기를 만들고 있었다.

메뉴는 에스프레소, 노말, 스페셜, 논 커피로 커피 위주로 구성되어 있었고, 아메리카노가 3,500 원, 브루잉 커피가 4,500원으로 요즘 카페에서 받고 있는 가격보다 저렴해 보였는데 이는 주변 상권을 고려해서 합리적으로 책정한 것이라고 했다. 브루잉 커피에는 에티오피아, 인도, 케냐, 디카페인 커피가 준비되어 있었다. 어떤 원두를 선택해야 할지 모를 경우에 직원분께 추천을 부탁드리면 친절한 설명이 기다리고 있다.

.브루잉 커피 레시피
브루잉 커피를 위해 클레버를 사용하고 있으며, 25g의 원두에 1:12 적용하여 물을 푸어링 하고 3분 30초 침지 시켜 추출하고 나서 따뜻한 물을 첨가하여 커피를 완성한다고 했다.

.케냐 기티투 AB (브루잉 커피)
플로럴 함이 살짝 느껴졌고 열대 과일의 향미와 티의 쌉싸름함이 깨끗한 맛으로 마무리되었다. 컵 노트에는 자두와 자몽, 블랙커런트, 건포도, 조청으로 표현했다

.에스프레소
인도, 과테말라, 에티오피아 커피가 블렌딩된 에스프레소는 단맛과 짭조름한 산미가 과일향과 함께 조화를 이루었고 밀키한 질감을 가지고 있어서 좋은 맛을 내고 있었다.

.파베 초콜릿
에스프레소와 페어링 하기 위해 만든 파베 초콜릿은 달콤하면서도 꾸덕꾸덕한 맛이 매력적이었다.

11 비로소커피

서울 마포구 광성로6길 42
https://instagram.com/birosocoffee

대흥역 4번 출구에서 나와 4분 정도 가다 보니 경의선 숲길이 보였고, 그 옆에 위치한 붉은 벽돌의 'BIROCO COFFEE'를 볼 수 있었다. 목가적이면서도 조용한 풍경 속에 무심히 서있는 이곳이 약간은 건조한 느낌으로 다가왔다. 가까이 가니 커다란 프로밧 로스팅 기계가 놓여 있는 로스팅 실이 입구에 있어서 로스터리 전문점임을 바로 알 수 있었다. 로스팅 실 옆에 있는 1층 매장 실내는 주문과 음료를 만들 수 있는 긴 바와 음료를 기다리기 위해 앉을 수 있는 몇 개의 의자가 놓여 있었고, 2층이 음료를 마실 수 있는 공간으로 마련되어 있었다. 2층은 낡은 시멘트 바닥에 화이트와 브라운 톤의 원목 테이블과 의자들이 적절히 놓여 있었고 스피커에서 흘러나오는 낮은 톤의 재즈 음악이 빈티지하면서도 편안한 분위기를 만들고 있었다. 밖에서 바라봤던 사람이 보이는 이층 창문의 모습이 미국 유명 화가의 건조한 그림을 연상케 했다면, 안에서 본 창가의 모습은 푸른 경의선 숲길을 볼 수 있는 평온한 자리로 보였다.

28

메뉴는 에스프레소, 아메리카노, 콜드브루, 필터 커피가 포함된 블랙과 화이트, 비로소 스페셜, 시즌, 티, 디저트로 구성되어 있다. 에스프레소 메뉴를 위해서는 '너의 이름', '오감도' 블렌드와 디카페인 원두가 준비되어 있었고, 필터 커피에는 르완다, 케냐, 코스타리카, 콜롬비아 커피로 4종의 원두가 준비되어 있었다.
디저트로는 쿠키, 파운드케이크, 티라미수, 바스크 치즈케이크가 준비되어 있었다.

.필터 커피 레시피
로스팅 정도가 미디엄이기 때문에 하리오 드리퍼를 사용하여 원두 18g에 1:15를 적용하여 물을 푸어링 하는 방법을 쓰고 있다고 했다.

.콜롬비아 빌라 베툴리아 (필터 커피)
한입 들이키니 상큼한 민트 향이 퍼지면서 올라왔고 이어서 오렌지 신맛, 설탕의 깔끔한 단맛, 허브의 쌉쌀한 맛이 조화를 이루면서 독특한 맛을 내면서 적당한 바디감을 가지고 있는 것이 느껴졌다. 식은 후에 마셔보니 발효된 와인의 맛이 살짝 느껴지기도 했다.

.르뱅 플레인 쿠키
촉촉한 쿠키 안에 초콜릿 조각, 마카다미아, 크림이 들어 있는 달콤한 디저트였고 커피와도 잘 어울렸다. 크기가 커서 여자들에게는 간단한 식사 대용으로도 가능해 보였다.

12 이미커피

서울 마포구 동교로25길 7 1층
https://instagram.com/imi.coffee

홍대역 1번 출구에서 나와서 4분쯤 가다 한 골목으로 들어서면 '이미 커피'를 만날 수 있다. 기존의 장소에서 새로 인테리어를 하여 변신한 모습이 한눈에 들어왔다. 목재로 된 외관에서 편한 느낌을 받으면서 카페 투어가 시작되었다. 실내 역시 흰색을 배경으로 짙은 브라운의 원목 가구들을 배치했고 은은한 조명으로 실내를 비추고 있어서 안정되면서 세련된 느낌을 주었다. 입구 근처에는 기다란 바와 디저트 박스가 놓여있었고 바 앞에 좌석이 마련되어 있어서 바리스타가 커피를 추출하는 모습을 보며 커피와 디저트를 즐길 수 있는 구조로 되어 있다. 바 뒤편 역시 음료를 마시며 머물 수 있는 공간으로 작은 등들로 꾸며져 있는 모습이 마치 일본 영화에서 본 한 카페의 모습을 연상케 했다. 이곳에서는 에스프레소 머신은 보이지 않았고 핸드드립 커피 추출도구들만이 바에 놓여 있어서 핸드드립만 전문으로 하는 것으로 보였다.

이곳에서는 디저트를 고른 다음에 바리스타가 그에 걸맞은 커피를 추천해 주는 방식으로 메뉴선택 방법이 특별했다. 핸드드립 커피에는 원두 콜롬비아 엘 파라이소 그린 티, 콜롬비아 포파얀 슈가케인 디카프, 오텀 블렌드, 합 블렌드가 준비되어 있다. 디저트로는 오텀, 마차 몽블랑, 몽블랑이 준비되어 있다.

.핸드드립 커피 레시피
원두 19.5g에 약 1:15를 적용하여 물 300g을 몇 차례에 걸쳐 드립을 했다.
이곳에서는 오리가미 드리퍼에 칼리타 웨이브 필터지를 끼워서 사용하고 있다.

.Autumn Blend (핸드드립 커피)
배즙에 시나몬 가루를 섞은 듯한 첫 맛에 흑당 시럽, 자몽의 쌉쓸한 신맛이 더해져 맛의 조화를 이루었고 묵직함과 부드러움이 커피 맛 전체를 감쌌다.코스타리카 80%, 콜롬비아 20% 블렌딩

Autumn (갈레트 브르통)
쿠키같이 바사삭 부서지는 식감을 가진 브르통 위에 시나몬, 팔각이 섞인 크림이 얹혀 있고 그 위에 신선해 보이는 무화과 조각과 사과 조각이 얹혀 있다. 바삭하고 부드럽고 달고 새콤하면서도 신선한 맛이 합쳐져서 맛있는 맛을 만들었다. 어느 것 하나 과하지 않고 부드럽게 조화를 이루었다.

13 영앤도터스

서울 마포구 마포대로 156 푸르지오시티 1층 107호
https://instagram.com/younganddaughters

공덕역 4번 출구에서 나와 10분 정도 가다 보면 나오는 푸르지오 시티 1층에 위치한 이곳을 볼 수 있었다. 브라운과 그린으로 단장한 외관은 아담한 규모였지만 이곳의 캐릭터들과 잘 맞는 것 같았고 정겹게 다가왔다. 밖에서도 보이는 창가 쪽으로 커피 머신과 그라인더들이 한자리를 차지하고 있었고 외부와 같은 브라운과 그린 톤으로 단장된 내부는 따뜻한 느낌의 커피 맛집 뷰를 나타내고 있었다. 실내의 한쪽엔 주문과 메뉴를 만드는 긴 바가 위치해 있었고 반대편엔 이곳에서 판매되는 원두들과 굿즈들이 진열되어 있는 진열장과 스탠드 테이블들이 놓여 있었다. 컬러풀하지만 정감 가는 톤의 색감으로 이루어진 각종 포스터들과 캐릭터가 있는 그림들이 이곳에 친근하고 따뜻한 이미지를 더해 주고 있었다.

메뉴는 크게 블랙, 화이트, 논 커피, 시즌 메뉴로 구성되어 있었고, 특히 이곳은 '딥 카라멜 라떼' 맛집이라고 했다. 이날 준비된 원두는 블렌딩 'NATALIE' 'COLLIN' 'LULLABY' 와 싱글 오리진 케냐 커피가 준비되어 있었다.

필터 커피를 주문하면 배치브루로 내려놓은 커피를 제공하고 있는데 이는 합리적인 가격에 좋은 커피를 제공하기 위함이라고 했다.
디저트로는 갈레트 브르통이 준비되어 있었다.

.케냐 똥구리 AA (필터 커피)
플로럴 한 향이 살짝 지나간 다음에, 토마토의 향미가 느껴졌고, 이어서 와인의 쌉싸름한 맛과 진한 단맛이 뒤를 이어갔다. 배치 브루임에도 고유의 향과 맛이 살아있는 것이 인상적이었다.

.딥 카라멜 라떼
컵을 입에 대는 순간 가장자리에 묻은 달달한 시럽 (견과류와 캐러멜 시럽 등 3가지의 혼합)이 먼저 들어오고 카라멜 향이 나는 달콤한 라떼가 들어와 섞이면서 맛있는 맛이 났다.
달달함이 극강이기에 피곤할 때 혹은 스트레스가많을 때 마시면 좋을 음료였다.

14 올웨이즈어거스트로스터스

서울 마포구 망원로6길 19 1층
https://instagram.com/alwaysau8ust

망원역에서 출발하여 망원시장을 지나 한 골목 쪽으로 11분쯤 가다 보면 '올 웨이즈 어거스트'를 만날 수 있다. 오후 3시 30분쯤 갔음에도 대기 명단에 이름을 올렸고 10분 후쯤 들어갈 수 있었다. 사방으로 둘러싸인 사각 무늬 창으로 햇빛이 들어오는 실내는 무심히 그대로 내버려 둔 듯한 하얀 시멘트 외벽에 밝은 톤의 나무 바닥과 가구들을 배치하여 빈티지하면서도 밝은 분위기를 만들고 있었고, 곳곳에 배치한 몇몇 그림들과 식물들은 이곳을 좀 더 편한 곳으로 느끼게 했다. 한편 스피커에서 나오는 비트 있는 팝송은 이곳 분위기를 좀 더 업시키고 있었다.

이곳 올웨이즈어거스트는 2017년부터 함께 해온 스웨덴 대표 로스터리 DROP COFFEE의 한국 공식 수입원이라고 했다. 아메리카노는 DROP COFFEE의 싱글 오리진 엘살바도르 엘순지타와 이곳에서 자체 로스팅 한 블렌딩 중에서 원두를 선택할 수 있다. 핸드 브루는 DROP COFFEE 싱글 오리진 6종인 르완다 우붐웨, 엘살바도로 엘.순지타, 니카라과 라스 델리시아스, 온두라스 세로 아줄, 에티오피아 아나소라, 엘살바도르 핀카 네하파 에서 원두를 선택할 수 있다. 이곳에서 직접 만든 쿠키와 케이크 등이 디저트로 준비되어 있다.

.핸드 브루 레시피
하리오 메탈 드리퍼를 사용하여 원두 18g에 240g 커피를 추출하고 있고, 물 100℃ 와 특수 정수기를 사용하여서 미네랄이 풍부한 물로 노르딕 커피의 특징이라고 할 수 있는 깨끗한 맛 외에 좀 더 풍부한 맛을 이끌어내려고 한다고 했다.

.르완다 우붐웨 (핸드 브루)
와인의 산미와 약간의 쌉싸름함이 묵직하게 느껴지면서 뒤로 계속 이어졌다.
깨끗한 맛의 노르딕 커피에 정수기의 미네랄 워터 맛이 더해져서 또 하나의 새로운 노르딕 커피 맛이 만들어진 듯했다.

.캔디드 피칸즈
다수의 피칸에 달콤한 시럽을 씌워 만든 디저트로 딱딱하고 끈적한 식감을 지녔고 달콤하면서 도 고소한 맛이 났다.

15 커피리브레 연남점

서울 마포구 성미산로32길 20-5
https://instagram.com/coffeelibre_yeonnam

홍대입구역 3번 출구에서 나와서 연남 파크를 지나 12분 정도 가다 보면 소소한 가게들과 음식점들이 모여있는 한 동네에 들어서게 되고 그곳의 한 작은 골목 막다른 곳에서 '커피리브레'를 볼 수 있었다. 리브레 상징이라고 할 수 있는 레슬링 선수의 마스크가 온통 흰색을 띠고 있는 2층 건물의 담벼락에 그려져 있었다. 좁은 마당을 지나 실내로 들어서니 이전 지점에서 이미 봐서 익숙한 약장 앞에 디스플레이된 원두들이 한눈에 들어왔고 그를 기준으로 주문을 할 수 있는 곳과 몇몇 좌석이 있는 곳으로 공간이 구성되어 있었다. 노출된 시멘트 바닥과 낡은 느낌의 타일로 된 주문대 등이 전체적으로 빈티지한 느낌이었다. 음료를 받아서 2층으로 올라가니 벽에 걸려 있는 커다란 마스크 액자들이 한눈에 들어온 게 인상적이었고 1층과는 다르게 화이트 톤 배경으로 한 넓은 공간에 밝은색으로 된 나무 가구들을 배치하여 화사하면서도 깔끔한 이미지를 연출하였고 한편으론 적당한 소리의 음악이 스피커에서 흘러나와서 쾌적한 분위기로 만들고 있었다.

메뉴는 필터 커피, 에스프레소, 아메리카노, 콜드브루, 에스프레소 베리에이션, 라테 등으로 구성
되어 있고 에스프레소 메뉴는 블렌드인 배드블러드, 보이스 오브 오리진, 디카페인 나이트 호크
중에서 원두를 선택할 수 있다.
필터 커피에는 싱글 오리진인 케냐 띠리쿠, 코스타리카 라스 라하스 펠라 네그라, 파나마 아부
게이샤 Lot2335, 과테말라 엔트레 볼카네스 디카페인, 파나마 루이스 파카마라 내추럴, 니카라과
라 벤디시온, 에티오피아 예가체프 첼베사 내추럴, 과테말라 엘 센데로, 페루 엘 아사프란이 준
비되어 있다.
디저트로는 플레인 바스크 치즈케이크, 레몬 블루베리 파운드, 살구 버터바가 준비되어 있다.

.필터 커피 레시피
이곳에서는 필터 커피 추출 시에 푸어스테디 브루잉 머신을 사용하고 있다.
핫 커피일 경우에 하리오 드리퍼를 사용하여 원두 25g에 물 300g을 푸어링 하여 커피를 추출한
다고 했다.

파나마 아부게이샤 Lot2335 (필터 커피)
재스민 향과 레몬의 산미, 티의 쌉싸름이 어우러진 맛이었고 주시한 설탕 시럽의 단맛이 이어서
따라왔다. 산미가 있는 커피임에도 무게감이 느껴졌고 깨끗함을 유지했다.

.동진시장 블렌드 (에스프레소)
다크초콜릿의 비터니스에 부드러운 캐러멜과 과일 즙이 섞인 듯한 맛이었다. 설탕을 첨가하니 진
득하면서도 맛있는 에스프레소가 되었다.

16 프릳츠 도화점

서울 마포구 새창로2길 17
https://instagram.com/fritzcoffeecompany

공덕역 7번 출구에서 나와 10분 정도 가다 보면 나오는 한 골목에서 '프릳츠'를 볼 수 있었다(서울 가든 호텔 뒤편에 위치). 이전에 봐서 익숙한 모습인 개인 주택 리모델링한 외관이 한눈에 들어왔다. 건물 왼편 지하에는 베이킹 실이 커다랗게 자리 잡은 모습을 볼 수 있었고 계단을 올라가서 실내로 들어가면 카페가 내부가 나왔다. 예전과 비슷한 구조에 세월의 흔적까지 더해져서 제대로 빈티지한 모습을 보여주고 있었다. 실내 중앙에 커다란 두 개의 바가 존재하고 있었는데 한쪽은 주문대와 에스프레소 머신과 관련 장비들이 놓여있었고 또 다른 쪽은 브루잉 머신이 놓여 있는 구조였다. 2층에도 음료와 빵을 먹을 수 있는 좌석들이 배치되어 있었는데 노출된 시멘트 벽과 원목 테이블, 어두운 조명등이 어우러져서 빈티지하면서도 안정된 분위기를 만들고 있었다. 스피커에서 나오는 적당한 소리 크기의 비트 있는 음악이 이곳을 더욱 더욱 힙하게 만들고 있었다.

메뉴는 크게 커피, 브루잉, 차, 음료로 되어 있고, 에스프레소 라인업에는 잘 되어 가시나, 아우로라 파라이네마 내추럴과 디카페인 준비되어 있다. 브루잉 커피에는 라 칼레리아 허니 멕시코, 코라손 데 헤수스 밀레니오 내추럴 레포사도 코스타리카, 엘 사르 데 사르세로 게이샤 애너로빅 워시드 코스타리카, 라스 모리타스 파카마라 워시드 과테말라 싱글 오리진이 준비되어 있다. 빵으로도 유명한 이곳은 빵 종류가 훨씬 다양해지고 많아 보였다.

브루잉 커피 레시피
마르코 SP9 브루잉 머신을 사용하여 커피를 추출했다. 칼리타 웨이브 드리퍼를 사용하여 원두 19g에 1:16을 적용하여 320g 물을 푸어링 하여 커피를 추출했으며 원두마다 추출 레시피가 조금씩 다르다고 했다.
멕시코 커피가 단맛이 좋기 때문에 거기에 초점을 맞췄다고 했다.

.라 칼레리아 허니 멕시코 (브루잉 커피)
견과류의 고소함과 베리류의 산미가 느껴졌고 초콜릿의 비터니스와 황설탕의 단맛이 더해져서 맛을 완성하였다. 묵직하면서도 부드러움을 가지고 있었다.

.고르곤졸라 루스틱
겉은 딱딱하고 속은 촉촉한 빵으로 고르곤 졸라 치즈의 풍부한 향과 맛이 빵에서 퍼져 나왔고 짭조름한 맛이었다. 달달한 시럽에 찍어 먹으니 고르곤졸라 피자의 풍미가 느껴졌다.

17 프로토콜 쇼룸

서울 마포구 어울마당로2길 10 1층
http://www.instagram.com/protokoll.roasters

상수역 4번 출구에서 나와 7분 정도 가다 한 주택가 지역으로 들어가면 이곳을 만날 수 있다. 밝은 톤의 원목으로 된 유리 정문 위에 있는 'PROTOKOLL'이라는 쓰여 있어서 찾던 곳임을 바로 알 수 있었다. 내부는 안쪽으로는 커피 머신과 관련 장비들이 놓여 있는 바가 있었고 그 앞에 설치된 진열대에는 메뉴판과 각종 원두 봉투들, 샘플 빈 설명서 등이 놓여 있는 모습을 볼 수 있었다. 연희동에서 시작한 프로토콜은 커피에만 집중을 할 수 있는 쇼룸을 이곳에 열었다고 했다. 주문 전에 진열대 위에 있는 각 원두들을 시음해 볼 것을 바리스타가 권하였다. 올 5월부터 에티오피아의 뉴 크롭들이 들어오기 시작했기 때문에 준비된 원두는 2종의 블렌드들과 콜롬비아 디카페인과 5종의 에티오피아 원두들이라고 하였다.
01 에티오피아 벤사 케라모 내추럴 02에티오피아 벤치마지 게샤 언에어로빅 내추럴
03 에티오피아 구지 샤키소 비살라 워시드 04에티오피아 예가체프 첼베사 워시드
05 에티오피아 구지 우라가 타베 하로 와츄 레드허니

40

주문 후에 주문서를 가지고 30m 정도 떨어진 곳에 마련된 매장으로 가서 음료를 받고 2층으로 가서 마실 수도 있는 구조로 되어 있다고 했다. 음료를 받을 수 있는 1층은 밝은 톤의 원목과 블랙톤이 조화를 이루면서 침착하면서도 안정적인 분위기를 만들고 있었다. 2층은 화이트 톤의 실내에 독서실의 칸막이가 설치된 듯한 일자형의 테이블이 놓여 있었고 그 앞에 난 커다란 창으로는 푸른 나뭇잎들이 보이는가 하면, 스피커에서 잔잔한 피아노 음악이 흘러나오고 있어서 시원한 실내공기와 함께 쾌적한 공간을 만들고 있었다.

"브루잉 추출 가이드
현시점의 프로토콜 매장의 브루잉 레시피를 공유합니다. 먼저, 하리오 V60 드리퍼를 사용합니다. 필터지는 꼭 린싱을 해줍니다.
[HOT]
원두는 18g, 물 온도는 94도를 사용합니다. 다음과 같이 물을 부어줍니다.
(뜸) 40g - (40초) 80g - (1분 10초) 80g - (1분 40초) 100g
총 300g의 물을 사용하며, 대략적으로 2분 30초 내외로 추출이 완료됩니다."

.에티오피아 예가체프 첼베사 워시드 (브루잉 커피)
쌉싸름함이 살짝 느껴지는 깔끔한 홍차에 짙은 단맛의 시럽이 섞인 듯한 맛이었고 그 깨끗함이 뒤까지 길게 이어졌다. 식을수록 단맛이 올라왔다. 마시는 동안 신선함이 느껴지는 기분 좋은 맛이었다.

.푸룻 (에스프레소)
재스민 향과 베리류의 산미가 들어있는 다크한 밀크 초콜릿 맛이 느껴졌다. 산미가 있음에도 밀키한 부드러움이 전체를 지배하고 있었다. 에티오피아 원두들로만 블렌딩된 커피라고 했다.

18 Deserve Coffee

서울 마포구 어울마당로 153-1
https://instagram.com/deserve_coffee

홍대입구역 7번 출구에서 나와 2분쯤 가다 보면 길 가운데에 주차장이 있고 그 도로변에 있는 한 건물에 위치한 '디저브 커피'를 만날 수 있다. 지상과 가까운 창을 통해 내부가 보여서 이곳 인가 보다 하고 계단을 따라 내려가면 화이트 톤과 원목 내장들이 조화를 이루는 단정하면서도 깔끔한 카페 내부를 볼 수 있다. 반지하임에도 큰 창을 통해 들어오는 주변의 자연스러운 풍경은 실내를 더 편하고 따뜻하게 만들어 주고 있었다. 위층에는 로스팅 실과 함께 커피를 마실 수 있 는 또 다른 공간이 마련되어 있다. 아래층과는 확연히 다르게 블랙과 그린 톤으로 실내를 꾸민 것이 인상적이었다. 이곳은 원두 납품을 주로 하는 로스터리 카페로서의 쇼룸 기능도 함께하고 있다고 했다.

메뉴는 크게 에스프레소,논 커피, 브루드 커피로 구성되어 있고, 이곳에서 직접 구운 얼그레이 초코 마들렌과 애플 크럼블 바가 디저트로 준비되어 있다. 에스프레소 음료는 피크닉 블렌드와 데일리 블렌드 중에서 선택할 수 있다고 했다. 브루드 커피에는보통 8가지의 싱글 오리진 원두가 다음과 같이 준비되어 있었다.

콜롬비아 세로 아줄 게이샤 하이브리드 워시드, 에티오피아 벤사 아라모 무산소, 에티오피아 워메나 함벨라 내추럴, 콜롬비아 라 에스트레야 게이샤 워시드, 에티오피아 첼베사 허니, 에티오피아 보타바 워시드, 온두라스 엘 라우렐 워시드, 과테말라 디카페인

.브루드 커피 레시피
하리오 드리퍼를 사용하여 약 17g 원두에 1:15적용하여 약 250g의 물을 푸어링 하여 215g 정도의 커피를 추출한다고 했다.

.콜롬비아 세로 아줄 게이샤 (브루드 커피)
한 모금 마시니 파인 애플의 향을 시작으로 밝은 산미와 설탕 시럽 같은 은은한 단맛이 조화를 이루었고 티의 쌉싸름함이 맛의 개성을 살려주고 있었다. 라이트 미디엄으로 로스팅 돼서 밝은 산미를 가지고 있음에도 여러 맛들이 자극적이지 않고 부드럽게 조화를 이루고 있어서 편하게 마실 수 있었다

.얼그레이 초코 마들렌
얼그레이 향과 함께 달짝지근하면서도 촉촉한 마들렌은 커피와 잘 어울렸다.

19 말릭커피

서울 마포구 와우산로29바길 20 반지층
https://instagram.com/malic_coffee

홍대입구역 8번 출구에서 나와 홍대 쪽으로 4분쯤 가다가 나오는 한 골목에 들어서면 노란색의
바탕에 빨간색 구름 모양의 간판을 단 '말릭 커피'를 만날 수 있다. 3~4개의 계단을 내려가는
실내로 들어서면 5개의 테이블, 커피 머신과 관련 장비들이 놓여 있는 바와 그 옆의 로스팅 실
모습을 한눈에 볼 수 있어서 아늑한 공간에 들어왔다는 첫 느낌을 가지게 됐다.
브라운과 화이트톤의 적절한 가구 배치와 벽의 곳곳에 붙어 있는 만화 캐릭터 포스터들이 이
곳을 위트 있으면서도 세련된 공간으로 만들고 있었다. 도쿄에 있을 법한 카페 이미지를 염두에
두고 인테리어를 했다는 사장님의 설명이 있었다.

메뉴는 크게 시그니처, 커피, 크림 커피, 논 커피로 구성되어 있다. 커피 메뉴는 고소 달달하고 깨끗한 '마일드 블렌드'와 과일차 같은 '프루티 블렌드'중에서 선택할 수 있다.
드립 커피를 위한 메뉴판이 따로 준비돼 있었고 총 6종의 원두 중에서 선택이 가능했다.
Ethiopia Gedeb Chelbesa Washed Process, Colombia El Descanso, Guatemala La Bolsa Gesha, Ethiopia Bekele Legie, Ethiopia Buncho, Panama Elida Catuai ASD
디저트로는 이곳에서 직접 구운 스콘, 휘낭시에, 까눌레, 마들렌 등이 준비되어 있었다.

.드립 커피 레시피
원두 20g에 1:16 또는 1:17을 적용하여 물을 드립 하는데 이 커피의 경우에는 1:16을 적용하였다고 한다.
이곳에서는 '오리가미' 드리퍼에 하리오 필터지나 칼리타 웨이브 필터지를 끼워서 사용한다고 했다. 커피 추출 시의 특징은 오리가미 드리퍼 자체보다는 필터지의 유형에 따라 차이가 날 수 있다는 사장님의 설명이 있었다.

.과테말라 라볼사 게이샤 (드립 커피)
플로럴한 향과 레몬그라스의 쌉싸름함이 어우러져서 독특한 향미를 만들어 냈고, 여기에 청량한 단맛이 추가되었다. 식으면서 귤의 상큼한 산미가 살아 올라왔고 부드러우면서도 깨끗한 맛을 유지하고 있었다. 특정한 향이 도드라 지지 않았고 편하게 먹을 수 있는 커피였다.
한국 커피에서 들여온 생두라고 했다.
.바질 치즈 스콘
촉촉한 스콘 속에 강한 바질의 향과 고르곤 졸라 치즈의 향이 스며 있었고, 겉면의 바삭함으로 마무리했다. 옆에 곁들여 나온 토마토소스와 바질 페스토를 얹어 먹으니 이국적인 맛이었다.

20 커넥츠커피 망원점

서울 마포구 월드컵로11길 8 105호
https://instagram.com/connectscoffee

망원역 2번 출구에서 나와 3분 정도 가다 여러 가게들이 밀집해 있는 한 골목으로 들어가면 '커넥츠 커피'를 만날 수 있다. 합정점에서 시작하여 망원점도 오픈을 하였다고 하는데, 볼거리가 더 있을 것 같아 망원점으로 오게 되었다. 카페 내부는 밝은 우드 톤과 화이트 톤의 가구들이 조화롭게 배치되어 있어서 밝으면서도 따뜻한 분위기를 만들고 있었고 전면으로 난 통창을 통해 들어오는 골목 풍경으로 인해 개방감이 더해졌다. 공간 한쪽을 차지하고 있는 긴 바에는 커피 추출과 관련된 머신들과 디저트 진열장이 놓여 있고, 그 끝 쪽에 놓여 있는 부루잉 머신이 눈길을 끌었다. 이곳에 위치해 있던 로스팅 실은 일산으로 옮겨갔다고 했다.

메뉴는 크게 에스프레소, 콜드브루, 스페셜, 아덜, 푸르츠 베버리지, 브루 커피, 시즌 메뉴, 디저트로 구성되어 있다. '발렌틴 블렌드' `커넥츠 블렌드' '블라이트 블렌드' 가 에스프레소 메뉴를 위해 준비되어 있다. 브루 커피 중에 스페셜 드립 커피에는 콜롬비아 파라이소92 트로피컬 넥타르 라거 이스트, 콜롬비아 세로 아줄 게이샤 Hybrid w, 콜롬비아 로꼬시리즈 퍼플 헤이즈, 콜롬비아 부에노스 아이레스 게이샤 워시드, 에티오피아 하마스 워시드 COE 8위 농장, 콜롬비아 만델라 내추럴, 케냐 똥구리 AA TOP 이 준비되어 있고, 드립커피에는 에티오피아 모모라 내추럴, 코스타리카 따라주 SHB 워시드, 과테말라 산 로렌조 워시드, 발렌타인 블렌드, 인도네시아 와하나 만델링이 준비되어 있다.

바나나 푸딩, 쿠키, 티라미수, 스콘, 치즈 케이크 등이 디저트로 판매되고 있다.

.드립커피 레시피

브루잉 머신 '브루비'를 이용하여 원두20g에 약 250g의 커피를 추출한다고 했다.

.콜롬비아 파라이소 92 '트로피컬 넥타' 라거 이스트 (드립 커피)

첫 모금에 트로피컬 향이 직관적으로 났고 바로 복숭아로 이어졌다. 밝은 산미와 설탕 시럽의 단맛이 조화로운 맛을 냈고 청량하고 부드러운 마우스 필을 가지고 있었다. 언뜻 발효 향과 허브의 쌉싸름함도 같이 느껴졌다.

.스콘

거친듯한 질감을 가지고 있는 담백한 스콘이 풍부한 버터의 풍미와 잘 어울렸다.

21 리플로우 연남점 1호

서울 마포구 월드컵북로6길 88 1, 2층
https://instagram.com/reflowcoffee

홍대입구역 3번 출구에서 나와 10분 정도 가다가 나오는 한 골목을 지나서 작은 도로변가에 위치한 화사해 보이는 카페를 볼 수 있었다. 특별한 간판이 없었지만 창문으로 보이는 커피 도구들과 드나드는 손님들로 인해 이곳이 '리플로우 (REFLOW)'임을 알 수 있었다. 아담해 보이는 이곳은 주문만 할 수 있는 바와 디저트, 원두 진열대가 있는 1층과 커피와 음료를 마실 수 있는 2층으로 되어 있었다. 흰색 벽과 모래를 굳혀 놓은 것 같은 바닥을 배경으로 밝은색의 원목 의자와 흰색 테이블을 배치한 2층은 커다랗게 난 창을 통해 들어오는 짙은 초록색의 가로수의 모습과 스피커에서 흘러나오는 조용한 팝송 등이 한데 어우러져서 화사하면서도 따뜻한 분위기를 만들고 있었다.

문 옆에 주문할 수 있는 키오스크가 마련되어 있었고 직접 주문도 가능했다. 메뉴는 핸드드립, 에스프레소, 논 커피로 나누어져 있고, 핸드드립은 7가지 원두 중에서 선택할 수 있고, 프리미엄을 제외하고는 5,500원이라는 합리적인 가격에 주문을 할 수 있다. 데일리 블랙커피는 2,000원, 포장 시 -2,000원이라는 문구도 눈에 띄었다. 여러 종류의 파운드케이크, 휘낭시에, 쿠키,다쿠아즈와 샌드위치 등이 사이드 메뉴로 준비되어 있다.

.핸드드립 레시피
원두량 18G, 물 투입량 300G, 온도 92-95℃, 시간 ~ 3'00

.인도네시아 만델링 G10 (핸드드립)
쌉싸름한 티에 건자두를 섞은 듯한 묵직함과 그 속에서 나온 듯한 단맛과 신맛을 가지고 있었다. 신맛이 있는 편이어서 기존에 가지고 있던 인도네시아 커피에 대한 고정 관념을 깨는 듯했다.

.초코숲 파운드 케이크
진한 코코아와 말차로 만든 파운드케이크는 초코와 말차의 맛이 은은하게 느껴졌고 촉촉하면서도 달콤한 맛을 가지고 있어서 당이 당기는 날 제격이다 싶었다.

22 율곡 커피로스터스

서울 마포구 월드컵북로6길 24-7 1층
https://instagram.com/yulgok.roasters

홍대역 1번 출구에서 나와 번잡한 거리를 지나 7분쯤 가다 보면 이 지역에 이런 곳이 있나 싶을 정도의 조용한 골목이 나왔고, 바로 이곳에서 차가우면서도 도시적인 메탈의 외관을 가진 '율곡(栗谷)'을 만날 수 있었다. 예상했던 것과는 다른 외관에 흥미를 느끼며 실내로 들어서니 또 다른 반전이 나타났다. 은은한 불빛을 받고 있는 블랙과 그레이 톤의 차분한 느낌의 내부에는 산수화 등 동양화들이 걸려 있었고 국악의 선율이 나직이 흐르고 있어서 한국적 이미지지가 그대로 전달되는 듯했고 반면에 직선으로 된 모든 장식적인 요소들로 인해 모던함을 동시에 보여주고 있었다.

50

이곳은 스페셜티 브루잉 커피를 주력으로 하는 로스터리 카페로 머신으로 할 수 있는 메뉴 중에 에스프레소와 아메리카노는 주문이 가능하다고 한다. 몇몇 우리 고유 이름을 정해놓고 그 이름의 뜻에 걸맞은 원두들을 배치해 놓은 것이 눈길을 끌었다.

.율곡 (栗谷) - 온두라스 엘에덴
.명창정궤(明窓淨几) - 케냐 카무쿠니, 에티오피아 타미루
.오죽헌 (烏竹軒) - 콜롬비아 카르타고, 콜롬비아 리치피치
.문성공(文成公)- 온두라스 산타루시아, 콜롬비아 카트론

.브루잉 커피 레시피
따뜻한 커피는 분쇄 원두 18G을 하리오 드리퍼에 담고, 온도 89~93˚C의 물40g을 붓고 40초간 기다린다. 125g을 부어준 후 물이 다 빠질 때까지 기다린다. 남은 125g을 부어준다, 총 추출 시 간은 2:30~3:30 사이. 취향에 따라 물을 첨가해 자신이 원하는 농도에 맞춘다.

.명창정궤 (明窓淨几) (핸드드립 커피)
케냐 카무쿠니
그린 토마토의 독특한 향과 산미에 식혜의 단맛이 섞인 것 같은 맛이 났고 티의 쌉싸름함이 적 당한 무게감을 가지고 뒤를 이어갔으며 차분함이 느껴졌다.

.모듬 양갱
팥, 유자, 흑임자 양갱들이 꾸덕꾸덕한 식감에 많이 달지 않고 담백한 맛을 가지고 있어서 이곳 의 커피와 잘 어울리는 디저트였다.

23 칼라스커피

서울 마포구 월드컵북로16길 16
https://instagram.com/kalascoffee

홍대 입구에서 버스를 타고 4~5정거장 간 후에 성미 약수터에서 내려 4분 정도 골목으로 들어
가면 '칼라스 커피 (KALAS COFFEE)'를 만날 수 있다. 기다란 직사각형의 모습을 하고 있는 실
내는 전면부가 통창으로 되어 있어서 답답함이 없었고 전체적으로 화이트 톤이어서 깔끔한 느낌
이었다. 실내 전체를 차지하는 긴 바 위에는 커피 추출 머신과 드립 도구들이 가지런히 놓여 있
었고 실내 끝 쪽에는 여러 대의 로스팅기가 놓여 있는 로스팅 실이 있는 것을 볼 수 있었다. 이
곳 최민근 대표는 KCRC 우승과 더불어 2015년 세계 대회에서 역대 최고의 성적 (3 등)을 기록
했다. 그는 정교하고 섬세하면서도 커피 본연의 다양한 향미와 개성을 최대한 표현하는 데 중점
을 두고 있다고 했다.

메뉴는 시그니처 드링크, 카페인, 콜드브루, 티로 구성되어 있다. 이곳의 시그니처 블렌드는 '다크 웨이브 블렌드' '블루밍 커피'가 준비되어 있고, 싱글 오리진으로는 '콜롬비아 라 에스페란자 만델라' '콜롬비아 프로즌 마가리타 자바 내추럴' '에티오피아 구지 사무엘 데겔로'가 준비 되어 있다.

블랙 커피라는 이름으로 제공되는 드립 커피가 비교적 저렴한 가격인 4,500원에 제공되고 있었다. 로스팅 공장이 옆에 있기도 하고 좋은 커피를 제공하기 위해 일관된 가격에 제공하고 있다고 했다. 디저트로 판매되고 있는 쿠키들은 이곳에서 직접 굽고 있다고 했다.

.드립 커피 레시피

하리오 메탈 드리퍼를 사용하여 원두 20g에 120g의 커피를 추출한 다음에 150g의 뜨거운 물을 더해서 약 250g의 커피를 완성한다고 했다.

.콜롬비아 프로즌 마가리타 자바 내추럴 (드립 커피)

무산소 발효 커피로 복숭아의 향긋한 향과 얼그레이의 쌉싸름함이 섞인 맛과 함께 순한 신맛이 뒤를 이었다.

.초코쿠키

꾸덕꾸덕하면서도 진한 초코 쿠키와 그 안에 들어있는 아몬드의 씹히는 재미가 있었다.

24 선휴커피

서울 서대문구 거북골로 79 2층
https://instagram.com/seonhyu_coffee

명지대 근처 아파트가 밀집해 있는 사거리 모퉁이의 붉은 건물 2층 창문을 통해 나오는 노란 불빛과 '宣休'라고 건물 앞에 크게 붙어 있는 글씨는 이곳에 카페가 있으니 잠시 쉬어가라고 부르는 듯했다. 문을 열고 안으로 들어가니 동네 주민들이 삼삼오오 모여 도란도란 얘기를 나누는 모습들이 정겨워 보였고, 그런과 우드로 된 가구가 조화를 이루고 있는 실내 한가운데에는 자갈이 깔린 바닥과 그 위에 나무들이 놓여 있어 따뜻하면서도 편한 분위기를 만들고 있었다. 실내 한쪽에는 커피 머신 장비들과 필터 커피 추출을 위한 도구들이 놓여있는 'ㄴ'자로 큰 바가 설치되어 있어서 커피 추출에 있어서도 전문점임을 보여주고 있었다.

ㅈ이곳의 음료 메뉴는 에스프레소 메뉴, 필터 커피, 선휴커피 시그니처, 잎차와 꽃차 등으로 구성되어 있다. 디저트로는 숙실, 율란, 매화고, 모약과, 오란다 강정 등 한과가 준비되어 있다. 다년간의 바리스타 경력을 가진 사장님이 직접 스페셜티 커피를 로스팅 하고 몇몇 한과들을 직접 만들어 디저트로 내놓고 있다고 했다. 필터 커피에는 페루 라 솔리다리아 게이샤 워시드, 코스타리카 엘 디아만테 무산소 내추럴, 엘살바도르 산타로사 파카마라 내추럴이 준비되어 있다.

.필터 커피 레시피
오리가미 드리퍼를 사용하여 20g의 원두에 1:15를 적용하여 300g의 물을 드립 하여 약 270g의 커피를 추출하였다. 요즘 카페에서 많이 사용하고 있는 푸어오버 방식을 사용하지 않고 차수에 따라 회전식 드립법을 사용한다고 했다.

.코스타리카 엘 디아만테 무산소 내추럴 (필터 커피)
한입 들이키니 추출 전에 난 화려한 향과는 달리 초콜릿의 쓴맛이 처음 느껴졌고 그 밑에 과일의 맛과 향이 들어있었다. 위스키의 뉘앙스도 느껴졌다. 좀 더 식은 뒤에는 시나몬 향과 단맛이 뚜렷해졌고 클린함을 유지했다.
.모약과
단맛과 유분이 어우러져 풍부한 맛을 내는 가운데에 잣가루의 맛이 더해져 고급스러운 맛이 났다.
.오란다 강정
바삭하면서도 끈적한 식감을 가지고 있는 오란다와 해바라기씨가 만나서 달콤하면서 구수한 맛이 났고 언뜻 느껴지는 생강의 맛이 매력적이었다.

25 디폴트밸류

서울 서대문구 성산로 333 1층(대로변)
https://instagram.com/defaultvalue_yeonhui

홍대입구역 앞에 있는 버스정류장에서 7713번 버스를 타고 두 정거장 지난 후인 연희 104 고지 앞에서 내려 3분 정도 도로변을 따라가디 보면 '디폴트 밸류'를 만날 수 있다. 한번 들린 곳인데 하얗고 커다란 문을 보니 익숙한 느낌이 들었고, 바리스타 챔피언 십 포스터가 붙어 있는 것을 보니 굉장한 곳에 찾아왔다는 느낌이어서 프로모션의 중요성을 깨닫는 순간이기도 했다. 문을 열고 들어가면 역시나 이전에 봐서 익숙한 하얀 세상이 펼쳐졌고 하이라이트라고 할 수 있는 바에는 네 대의 그라인더 2대 에스프레소 머신, 3구의 사이펀이 놓여 있어서 전문성을 더해주고 있는 듯했다. 이전에 봤던 꽤나 인상적이었던 디드릭 빨간색 로스터기가 공간 한쪽을 차지하고 있었다.

월드 바리스타 챔피언십 시연 메뉴판이 따로 준비되어 있었고, 일반 메뉴는 브루잉 커피, 시그니처 메뉴, 커피 메뉴, 티, 시즌, 디저트로 구성되어 있다.

커피 메뉴는 하우스 블렌딩 3종과 디카페인 중에서 선택할 수 있고, 브루잉 커피는 5가지의 싱글 오리진 커피가 준비되어 있었고 가격이 좀 있는 편이었다. 디저트로 몇몇 쿠키와 크로플이 준비되어 있다.

2022 WBC 시연 메뉴는 SET1, SET2로 구성되어 있었다.

Set 1. 에스프레소 + 밀크 베버리지   40.0

Set 2. 콜드 에스프레소 + 시그니처 음료   40.0

특이한 머신이 눈에 띄어 물어봤더니 찬물로 에스프레소를 내리는 머신이라고 했다. WBC 대회 시그니처 음료 시연 음료를 이 기계를 사용하여 사용하여 추출했다고 했다.

Set 2. 콜드 에스프레소 + 시그니처 음료를 주문하였더니 동영상에서 봤던 여러 재료들이 섞여지는 모습을 볼 수 있었다.

.파나마 롱보드 게이샤 (콜드 에스프레소)

가벼우면서도 향긋한 플로럴한 향과 함께 톡 쏘는듯한 산미와 쌉싸름함이 부드러움으로 감싸여 있어서 자극적이지 않으면서   자기만의 독특한 색깔을 가지고 있었다.

.시그니처 음료

에스프레소에 쌀 물, 오이 에센스, 흰 설탕 시럽을 넣어 만든 음료라고 했다. 쌀 물은 음료의 질감을 주고 있고 오이 에센스의 성분이 에스프레소의 성분과 만나 열대 과일의 맛이 난다는 설명이 있었다. 입안에 들어온 음료는 달콤한 오이맛이 나면서 부드럽고 묵직한 질감이 뒤를 받쳐 주고 있었고, 시간이 지나니 오이맛은 사라지고 열대과일의 맛으로 바뀌고 있었다. 에스프레소와 오이 에센스가 만나서 부드러우면서도 색다른 커피 맛을 만들어 냈다.

26 니도 로스터리 연희

서울 서대문구 연희로 190 102호
https://instagram.com/nido_roastery

신촌 전철역 근처 버스정류장에서 마을버스 03번을 타고 13분 정도 가다 서대문 자연사박물관 입구에서 하차하면 그 근처에서 블랙톤의 외관에 큰 글씨로 쓴 'NIDO ROASTERY'를 볼 수 있었다. 실내로 들어가는 입구에 꾸며진 야외 테라스는 몇몇 화분들과 편안해 보이는 의자, 테이블들로 꾸며져 있어서 평화로운 오후가 바로 떠올랐다. 실내로 들어서니 다양한 색깔의 예쁜 꽃들이 피어있는 작은 화분들이 반겨주는 것 같았고, 노출된 시멘트 바닥과 원목으로 된 긴 바가 놓여있어서 내추럴한 분위기를 자아내는 공간이 있는가 하면, 은은한 불빛이 감도는 고급스러운 거실 같은 공간도 나타났다.

메뉴판이 크게 커피, 시그니처 커피, 와인, 블렌딩 에스프레소 베버리지, 논 커피, 티, 시즌 디저트로 구성되어 있다. 아메리카노, 라떼, 브루잉이 가능한 커피 파트는 4가지 원두 중에서 먼저 선택하는 방식이었다.
블렌딩 단미(과테말라 50% 브라질 50%), 에티오피아 물루게타 트시게, 과테말라 디카페인, 니카라과 카보닉 메서레이션

.브루잉 커피 레시피
하리오 드리퍼를 사용하여 원두 20g에 물 50g 푸어링 하여 50초 동안 뜸을 들인 후에 (수저로 터블런스) 물 250g 원 푸어링 방식으로, 1:15인 총 300g의 물을 사용한다고 했다.
주시하면서도 깔끔한 맛을 위해서 원푸어링을 주로 하는 호주식 방식을 나름대로 변형하여 사용하고 있다고 했다.

.에티오피아 아리차 물루게타 트시게
허브의 쌉싸름함과 초콜릿의 비터니스를 느낄 즈음 신선한 설탕시럽의 단맛, 오렌지 신맛이 뒤를 이었다. 플로럴함보다는 무게감이 좀 더 느껴지는 에티오피아 아리차 커피였다. 뉴 크롭이어서 좀 더 기간이 지나야 향이 빵빵 터진다고 했다.

.금귤 파운드 케익
새콤하면서도 부드럽고 고운 케익 입자에 설탕으로 졸인 듯한 금귤 조각이 씹히는 담백하면서도 상큼한 파운드 케이크이었다.

.유자 마들렌
유자 상큼한 향이 살짝 느껴지는 부드럽고 고운 입자의 구움과자였다.
사장님이 선호하는 베이킹 스타일이라고 했다.

27 컬러드 빈

서울 서대문구 연희로11 가길 8-8 신관
https://instagram.com/coloured_bean

호주에서 오랜 기간 근무 후 돌아온 바리스타가 다양한 우유 커피를 기본으로 하고 깨끗하고 다채로운 필터 커피도 동시에 제공하는 카페라는 얘기를 들었다. 연희동 자치 회관 버스 정류장에서 내려서 5분 거리에 있는 다양한 상점들이 많이 들어서 있는 골목 거리에 들어서면 '컬러드 빈'을 만날 수 있는데 뾰족한 삼각형 지붕을 가지고 있는 붉은 벽돌의 미니 이층의 구조가 인상적이었다. 아직은 쌀쌀한 날씨였지만 문들은 다 개방되어 있었고 그 앞에 놓여 있는 몇몇 테이블들을 차지하고 앉은 손님들의 모습이 여유로워 보였다. 스피커에서 작게 흘러 나오는 팝송, 비니를 쓴 사장님의 모습 등이 어우러져서 자연스러운 로컬 카페의 모습을 하고 있었다.

메뉴는 크게 블랙 커피, 화이트 커피, 논 커피, 필터 커피로 단순하게 구성되어 있다.
디저트는 따로 제공하고 있지 않으며 디저트를 가져오면 포크와 접시는 제공해 줄 수 있다고
했다. 블랙과 화이트 커피를 위해서 묵직하고 다크초콜릿 같은 느낌의 'Brick' 과 산뜻하고 화사
한 톤의 'Beige' 블렌드와 디카페인 중에서 선택할 수 있다. 싱글 오리진 커피 4종류도 따로 준
비해 놓고 있었다. ETHIOPIA Worka Nenke, KENYA AA Fair Average Quality, COLOMBIA
Finca La Esmeralda, COLOMBIA Campo Hermoso Santuar io Project

.필터 커피 레시피
하리오 메탈 드리퍼를 이용하여 원두 15g에 약 1:15를 적용하여 225g 물을 푸어링 하는 방법을
사용하고 있다고 했다. 드리퍼 밑에 금색의 둥근 구슬 같은 도구가 놓여있었는데 이는 '파라곤'
이라는 추출도구로 향을 금속 냉각시켜 가두는 기능을 가지고 있다고 하였다.

.콜롬비아 캄포 에르모소 산추아리오 프로젝트 (필터 커피)
레몬그라스의 쌉싸름함이 느껴지는 산미와 티의 단맛이 조화롭게 느껴질 즈음 화장품에서 날 것
같은 향긋한 향이 올라왔고, 부드러움을 가지고 있었다. 가향이 아님에도 레몬그라스의 필이 두
드러지는 것이 인상적이었다.

.플랫 화이트
산미가 있는 블렌딩 '베이지'를 선택하여 주문하였다.
얇은 거품을 뚫고 나온 우유 커피는 부드러우면서도 달콤한 맛이 났고 크래커의 고소한 뒷맛을
가지고 있었다. 초콜릿의 비터니스는 느낄 수 없었고, 무겁지 않으면서도 묽은 느낌이 없는 전체
적으로 밸런스가 좋은 라테 맛이었다. 커피가 가지고 있는 산미가 우유와 어울려져 크래커의 고
소한 맛 느낌을 낸다는 설명이 있었다.

28 빈브라더스 합정

서울 마포구 토정로 35-1
https://instagram.com/bean_brothers

합정역 7번 출구에서 나와 한 골목을 지나서 10분쯤 가다 보면 작은 도로변에 있는 '빈브라더스'를 볼 수 있다. 오랜만에 방문했음에도 육중하면서도 약간 낡은 듯한 외관은 그대로인 듯했다. 이런 콘셉트는 시간의 무게감이 더해져서 고풍스러운 느낌을 더해주는 듯했다. 검은색의 철골구조와 시멘트 바닥을 배경으로 그레이 톤의 가구들이 배치되어서 인더스트리얼과 빈티지 느낌이 합쳐진 듯한 실내 모습이었고 단지 더 많아진 손님들의 열기가 실내를 가득 채우고 있음을 느낄 수 있었다. 낮은 천장을 가지고 있는 2층에서 바라본 카페는 'ㄷ'형의 바를 중심으로 양쪽에 테이블들이 놓여 있었고,이곳에서 판매하는 다양한 커피 제품들을 전시하는 진열대가 놓여 있는 모습이었다.

메뉴는 크게 에스프레소, 드립, 콜드브루, 논 커피로 구성되어 있고, 에스프레소 메뉴는 블랙 수트, 벨벳화이트, 몰트 블렌드 중에서 선택할 수 있다. 드립 커피에는 따로 마련한 5가지의 싱글 오리진인 케냐 가쿠유이니 AA, 과테말라 마리아 기예르미나, 에티오피아 봄베 테스티 내추럴, 에티오피아 봄베 파이젤 압도쉬 내추럴, 디카페인 페루 리마 중에서 선택하여 주문이 가능했다.

예쁘면서도 먹음직스러워 보이는 다양한 조각 케이크들과 쿠키 등이 디저트로 준비되어 있었고 이곳 제과실에서 직접 굽고 있다고 했다.

.드립 커피 레시피

하리오 메탈 드리퍼를 사용하여 20g의 원두에 93˚c 320g (1:16) 물을 원 푸어로 커피를 추출하는 레시피를 사용하고 있고 각 지점의 바리스타에 따라 드리퍼나 추출 레시피가 다를 수 있다고 했다.

.과테말라 마리아 기예르미나 (드립 커피)

사과의 상큼한 신맛, 단맛 뒤에 초콜릿의 쓴맛과 견과류 고소함이 느껴지는 균형 잡힌 맛이 났고 깔끔하고 부드러운 맛이었다.

.플랫 화이트

몰트 블렌드로 만든 플랫화이트는 인삼 향과 초콜릿의 쓴맛, 구수한 맛이 나는 커피와 부드러운 커피가 만나 진한 맛을 냈고 묵직하면서도 균형 잡힌 맛이었다. 몰트는 질 좋은 인도의 로부스타와 콜롬비아, 브라질 커피가 블렌딩되었다고 했다.

29 룰커피

서울 서초구 반포대로7길 16 스타빌딩 1층
https://instagram.com/lullcoffee_

지도 앱을 따라가다 보니 예술의 전당에서 6분 거리에 있는 한 골목에 들어서게 되었다. 이전에 '프리퍼 커피'를 방문하기 위해 이곳에 온 기억이 났다. 번화한 도심을 뒤로하고 있는 조용 이곳의 한쪽에 'LULL COFFEE'가 다소곳이 자리 잡고 있었다. 아담해 보이는 실내 공간은 손님들로 가득 차 있었고 사장님이 홀에 직접 나와서 손님들을 응대하고 있는 모습이 활기차면서도 따뜻한 좋은 에너지를 전파하고 있었다. 화이트 공간에 밝은 톤의 원목가구들을 배치하고 있고 작은 전등들에서 나오는 노란 불빛이 주변을 비추고 있어서 깔끔하면서도 따뜻한 공간을 만들어 주고 있었다. 또한 백색 조명을 받고 있는 흰색 바는 높이가 높았고 그 주변에 커피 머신과 드립 도구들을 잘 보일 수 있게 배치하여 이곳의 전문성이 돋보이는 공간이었다. 이곳 사장님은 2013년 월드 브루어스컵 대회 2위를 한 정인선 바리스타라고 했다.

브루잉 커피, 아메리카노, 카페 라테, 화이트 라테, 아인슈페너,디카페인의 커피 메뉴와 에이드 티 등으로 메뉴가 구성되어 있고 디저트로는 케빈 쿠키와 피넛 쿠키가 준비되어 있다.
브루잉 커피는 콜롬비아 엘 리몬 게이샤 와 과테말라 와이칸 중에서 원두를 선택할 수 있다.

.브루잉 커피 레시피
하리오 드리퍼를 사용하여 원두 20g에 순차적으로 40, 80, 120, 80g으로 총 320g의 물을 푸어 링 하여 커피를 추출한 다음에 50g의 물을 추가하여 커피를 완성했다

이번에 사용한 '콜롬비아 엘 리몬 게이샤'는 클래식한 맛으로 초반에 많은 맛을 갖고 있지 않아 서 커피의 맛을 충분히 끌어내기 위해서 기존의 레시피보다 더 많은 양의 커피를 가수 전에 추 출하였다고 했다.

.콜롬비아 엘 리몬 게이샤 (브루잉 커피)
플로럴 향과 함께 레몬 계열의 신맛이 느껴졌고 뒤이은 단맛과 초콜릿의 쓴맛이 균형을 이루었 다. 가수가 된 커피였음에도 가볍지 않았고 향이 살아있는 커피였다.

.케빈쿠키
버터 향이 많이 나는 담백하면서도 바삭한 맛의 맛있는 쿠키였다.

30 라바트리 방배

서울 서초구 서초대로27길 33 지하 1층
http://www.instagram.com/lavatree_coffee

내방역 7번 출구에서 나와 4분 정도 가다 보면 나오는 한 골목의 건물의 지하에서 이곳을 만날수 있다. 내려가는 계단 사이에 이곳을 소개하는 팻말들이 지하로 안내하고 있었다. 밝은 노란빛이 주변 곳곳을 비추고 있어서 조금은 밝은 느낌의 빈티지하면서도 강렬한 실내 공간이 나타났다. 'LAVATREE'라는 큰 글자가 붙어 있는 벽을 뒤로하고 커피 바, 디저트 진열대가 차례로 놓여 있었다. 곳곳에서 오렌지색들이 매치되어 있는 걸로 보아 이곳의 메인 컬러로 보였다. 노출된 천장과 시멘트 바닥을 배경으로 거친 듯한 질감의 목재로 된 바들과 그 주변에 놓여 있는 오브제 느낌의 테이블과 의자들 모습이 마치 은밀한 아지트에 들어온 느낌을 주고 있었다. 한편 실내한쪽 흰색 프레임으로 짜진 공간에 스트롱 홀드 로스터기가 설치되어 있는 모습을 볼 수 있어서이곳이 직접 로스팅을 하는 로스터리 카페임을 알 수 있었다.

메뉴는 브루잉, 에프레소, 레몬 러버, 베버리지로 구성되어 있다.
에스프레소 메뉴는 '파크레인 블렌딩'과 '에브리데이 디카페인'인이 준비되어 있고, 핸드드립은 '

에티오피아 첼바 G1 내추럴' 싱글 오리진이 준비되어 있다. 이곳에서 직접 구운 다양한 쿠키, 스콘, 치아바타 등이 디저트 진열대에 진열되어 있다.

.핸드드립 커피 레시피
핫 핸드드립 커피는 오리가미 드리퍼를 사용하여 원두 21.2g에 회전 드립식으로 물 260g을 드립하여 추출하고 있으며, 추출 시간은 3분 30초라고 했다.
핸드드립을 위한 공간으로 오렌지와 그레이 톤이 매치된 작은 부스가 설치되어 있었는데 꽤나 시선을 끄는 세련된 공간으로 보였다. 오리가미, 고노, 케맥스, 하리오, 클레버 등 다양한 드리퍼들이 놓여 있는 모습을 볼 수 있었다. 맛있는 핸드드립을 추출하기 위해서 여러 드리퍼들을 사용해 보고 칼리브레이션을 해보고 있는 중이라고 했다. 현재는 핫은 '오리가미'로 아이스는 '고노'로 추출하고 있다고 했다.

.에티오피아 첼바 G1 내추럴 (핫 핸드드립 커피)
파인애플의 달콤한 향이 은은하게 퍼지면서 부드러운 산미와 설탕시럽의 단맛이 균형을 이루고 있었다. 과일 착즙에 물을 조금 첨가한 듯한 맛으로 부담 없이 마실 수 있지만 가볍지 않은 맛이었다.
.파크레인 블렌딩 (에스프레소)
향긋하고 달콤한 과일 향과 톡 쏘는 산미가 느껴질 즈음 진한 초콜릿의 비터니스가 느껴져서 마치 초콜릿 함량이 많은 과일 밀크 초콜릿을 먹는 맛이었다.
인도, 엘살바도르, 과테말라, 에티오피아 블렌딩
.오리지널 쿠키
큼지막한 쿠키는 달콤하면서도 버터 향이 좋은 쿠키로 초코 알갱이가 알알이 박혀 있었고 바삭한 식감의 쿠키였다. 간간이 말랑한 마시멜로가 씹히는 재미가 있었다.

31 리플렉트커피 로스터스 양재점

서울 서초구 효령로72길 57 E동 101호
https://instagram.com/reflect_coffee

양재역 1번 출구에서 나와 9분 정도 가다 보면 아파트, 주택, 오피스텔 등이 밀집해 있는 지역이 나오고 이중 한 오피스텔 1층에 위치한 이곳을 볼 수 있다. 실내로부터 흘러나오는 노란 불빛은 실내의 온기를 전해 주면서 추운 날씨를 등지고 빨리 들어가고 싶게 했다. 제법 널찍한 실내는 화이트와 우드 톤으로 조화롭게 인테리어되어 있었고 이미 밖에서 봤던 은은한 불빛들이 실내 곳곳을 비추고 있어서 깔끔하면서도 편안한 분위기를 만들고 있었다. 또한 이곳에 앉아 있는 다양한 손님들의 모습들이 가장 큰 인테리어가 아닐까 하는 생각이 들 정도로 사람들의 온기가 좋았다.

메뉴는 시그니처, 시즈널, 논 커피, 커피, 티, 커피 베리에이션, 수제청으로 구성되어 있고, 커피 메뉴는 고소한 견과류의 'Brick', 꽃과 과일의 복합적 향미의 'Ivory'와 다크초콜릿, 카카오닙스의 'Decaf'중에서 선택할 수 있다.

브루잉 커피를 위한 원두는 과테말라 엘 모리또 워시드, 콜롬비아 로꼬시리즈 트위즐러, 콜롬비아 로꼬시리즈 썸머에일, 콜롬비아 로꼬시리즈 피나콜라다로 총 4종이 준비되어 있었다.

디저트로는 르뱅 쿠키, 크럼블이 준비되어 있었다.

.브루잉 커피 레시피

1호점인 이곳에서는 하리오 드리퍼를 사용하여 20g의 원두에 300g의 물을 푸어링 하여 커피를 추출하고 있고, 2호점에서는 20g의 원두에 250g의 물을 푸어링 하여 가수하는 방법을 쓰고 있어서 매장마다 추출 레시피를 조금씩 달리하고 있다고 했다.

.콜롬비아 로꼬시리즈 #015 피나 콜라다 (브루잉 커피)

꼬릿한 치즈 향이 살짝 올라올 즈음 레몬의 산미와 진한 단맛이 균형을 이루어 좋은 맛을 완성하였다. 마시는 동안 코코넛의 부드러운 질감과 깨끗함이 계속 이어져 감을 느낄 수 있었다. 자칫하면 부정적으로 느낄 수 있는 맛들이 적절히 다듬어져서 조화를 이루는 맛이었다.

.무화과 크럼블

바삭하고 고소한 크럼블 아래에 씨가 점점이 들어있는 무화과 잼이 있었고 파삭하고 촉촉한 시트지가 바닥에 놓여 있는 형태의 맛있는 디저트였다.

32 피어커피

서울 성동구 광나루로4가길 24 1층
https://instagram.com/peer_coffee

성수역 1번 출구에서 나와서 7분 정도 가다 한 동네로 들어서면 '피어 커피'를 볼 수 있다. 전면을 둘러싸고 있는 대리석에 외관에 'PEER' 로고가 선명하게 붙어 있어서 바로 찾던 곳임을 알 수 있게 해줬다. 실내에는 제법 널찍한 공간의 전면에는 바리스타들이 일할 수 있는 공간인 세 개의 바가 큰 부분을 차지하고 있고 그 주변으로 테이블들이 간격을 넓게 두고 배치되어 있어서 효율적이면서도 편한 분위기를 만들고 있다. 또한 회색 톤의 배경에 기다란 백색 등 흰색 가구들을 배치하여 매니시하면서도 세련된 분위기가 났다. 현재는 성수, 광화문, 코엑스, 한남 커피바 네 곳을 운영하고 있고 이곳 성수점은 카페 겸 쇼룸 기능도 함께하고 있다고 했다.

메뉴는 심플하게 '커피' '논 커피'로 되어 있고 디카페인 +500로 되어 있다. 에스프레소 메뉴에는 블렌드 엘카미노, 피어투피어 가 준비되어 있다. 브루잉 커피에는 과테말라 엘 모리토, 에티오피아 챔피언 셀렉션 버그우 내추럴, 브라질 산타이네스, 엘살바도르 라 시베리아, 온두라스 엘 라우렐 파라이네마, 브라질 마스터피스 다테라, 코스타리카 펠라 네그라 로 7종의 싱글 오리진이 준비되어 있다.

.브루잉 커피 레시피
20g 원두에 1:15를 적용하여 50g, 185g, 250g, 300g의 순으로 물을 푸어링 하여 커피를 추출한 다고 했다.
독립된 바에는 메탈 소재의 칼리타 웨이브 드리퍼들과 관련 장비들이 놓여 있는 모습을 볼 수 있었다.

.에티오피아 챔피언 셀렉션 버그우 내추럴 (브루잉 커피)
연하게 올라오는 플로럴 한 향을 뒤로하고 자두의 상큼한 신맛과 티의 쌉싸름함이 진하게 전해 졌고 그 중간 어디쯤에서 청량한 단맛이 올라와서 전체적인 맛의 균형을 이루었다. 시간을 두고 마실수록 오일리 하면서도 부드러운 맛이 지속되어서 고급스러움을 더했다.
7가지 원두에 대한 바리스타의 자세한 설명을 다 들은 후에, 바리스타 대회 우승자가 선택한 원두라고 하는 '에티오피아 챔피언 셀렉션 버그우 내추럴'을 선택하였다.
.흑임자 파운드
구수하고 부드러운 파운드케이크 단단하게 굳힌 시럽의 단맛이 더해져 마치 달콤한 백설기를 먹는 것 같았다.
케이크를 먹고 커피를 마시니 커피의 맛이 선명하게 느껴져서 둘의 조합이 좋아 보였다.

33 더반 베를린 성수점

서울 성동구 뚝섬로17길 31-22
http://www.instagram.com/thebarnberlin.korea

성수역 3번 출구에서 나와 10분 정도 가다가 한 골목으로 들어서면 개인 주택을 개조해서 만든 이곳을 만날 수 있다. 'THE BARN'이라고 쓰여 있는 검은 깃발과 X와 ㅁ으로 된 로고가 꽤나 인상적이었다. 작은 마당을 지나 안으로 들어가니 흰색 배경에 밝은 톤의 원목가구들이 배치되어 있고, 작은 조명들의 노란 불빛들이 곳곳을 비추고 있는 깨끗하면서도 따뜻한 공간이 나타났다. 기존 주택에 있는 벽들을 그대로 살려놓아서 분리된 아늑함도 더해주었고 창가 쪽으로는 에스프레소 머신과 그라인더들이, 그 앞의 밝은 톤의 원목 바에는 주문대, 디저트 박스, 브루잉 도구들이 놓여 있는 모습을 볼 수 있었는데 단출하면서도 깨끗한 이미지를 주었다. 이곳은 독일 로스터리 업체 'THE BARN'과 협업을 하는 카페로 더 반이 직거래하는 생두 농장에서 콩을 들여와 직접 로스팅을 하고 있다고 한다.

메뉴는 크게 에스프레소, 브루잉, 시그니처, 드링크, 티로 구성되어 있다. 에스프레소는 싱글 오리진 '브라질 선셋 내추럴'과 같은 농장의 에티오피아 2종을 블렌딩한 '싱글 파머 블렌드' 중에서 선택할 수 있다. 브루잉 커피는 점수가 높은 마스터피스 커피와 시즈널 컬렉션이 준비되어 있고 지금은 시즈널 컬렉션만 가능하다고 했다. 시즈널 컬렉션에는 브라질 닌호 다 아기아 내추럴, 부룬디 붐바 힐 워시드, 에티외피아 나노 찰라 워시드, 케냐 가쿠유이니 AA 워시드, 브라질 다테라 리저브 내추럴 로 5종의 싱글 오리진이 준비되어 있었다. 디저트로 마틸다, 블랙 빅토리아, 당근 케이크, 모카 얼그레이 구겔호프가 준비되어 있었다.

.브루잉 커피 레시피
"더 반 원두 전체에 사용 가능한 레시피
.핫 커피 레시피
원두 16~17g에 1:15를 적용한 물 245g을 푸어링 한다. 추출 시간은 3분 내외이고 하리오 v60 드리퍼를 사용한다. 물 온도 92~93도
.아이스 커피 레시피
원두 17~18g에 1:11 적용한 물 200g을 서버에 얼음 3알 (약 60g) 담고 푸어링 한다. 추출 시간 2분 30초 내외로 한다. 서버 얼음이 녹을 때까지 흔든 후에, 서빙되는 컵에 얼음을 넣고 추출된 커피를 넣어 완성한다."

.브라질 닌호 다 아기아 내추럴 (핫 필터 커피)
너츠의 고소함과 베리류의 신맛과 주시한 단맛이 균형을 이루었고 티의 쌉싸름함과 깔끔함으로 마무리하였다.

.부룬디 붐바 힐 워시드 (아이스 필터 커피)
새콤한 딸기의 신맛, 단맛이 레몬그라스의 쌉싸름함과 어우러진 맛이었고 대추의 질감이 커피 맛을 받쳐주고 있었다. 이 커피 역시 깔끔한 맛이었다. 아이스로 먹으니 상큼함이 도드라져서 한여름에 먹으면 좋을 듯했다.

34 인더매스 마장

서울 성동구 마장로 270
https://instagram.com/inthemass_

마장역 4번 출구에서 나와 7분쯤 가다 보면 여러 가게들과 아파트들이 혼재되어 있는 거리에 들어서게 되고 예전에 창고로 쓰였을 법한 흰 건물에 검은색으로 뚜렷하게 쓰여 있는 'INTHEMASS'를 볼 수 있다. 낡은 느낌이면서도 가공된 빈티지한 느낌을 동시에 풍기고 있는 외관을 뒤로하고 실내로 들어서니 노출된 시멘트 바닥과 철재들이 그대로 노출된 천장 등 인더스트리얼풍의 쾌적한 공간이 한눈에 들어왔다. 기다란 직사각형 테이블들이 손님들로 만석을 이루고 있어서 이곳이 핫 플레이스임을 말해주고 있었다. 매장 안쪽에 디저트 진열대, 커피 도구가 놓여 있는 바, 그 뒤편에 로스팅 실과 베이킹 실이 큰 공간을 차지하며 한곳에 모여 있는 모습이 마치 극장의 연출된 무대 같은 모습으로 생동감이 있었다.

메뉴는 브루잉, 커피, 비버리지,티로 구성되어 있고, 시그니처 메뉴로 스윗 솔티 라떼, 레몬 파운드, 레코멘드 메뉴로 치아바타 샌드위치와 오렌지 애프리콧을 추천하고 있다.

블렌드 리스트는 다음과 같다.

#45 scale - 묵직한 바디감의 고소한 다크초콜릿

#55 scale - 메이플 시럽과 견과류가 가득한 초콜릿

#65 scale - 산뜻한 산미의 클린한 적포도 와인 한잔

De-caffein - 다크초콜릿과 부드러운 카라멜

브루잉 커피를 위해서는 콜롬비아 디카페인, 콜롬비아 라 디비사 게샤, 페루 이네스 파타 게샤, 에티오피아 첼베사 네구세 데발라 로 4종의 싱글 오리진 커피가 준비되어 있었다.

이곳에서 직접 구운 여러 파운드케이크, 치아바타, 스콘, 쿠키 등이 사이드 메뉴로 준비되어 있었다.

.브루잉 커피 레시피

하리오 드리퍼를 사용하여 원두 20g에 1:15를 적용하여 드립 220g, 가수 80g으로 총 300g의 물을 사용하는 방식으로 브루잉 커피를 추출한다고 하며, 커피에 따라 조금씩 레시피가 달라진다고도 한다 커피 추출 후 물을 첨가하는 방식은 다수의 니즈를 맞추기 위한 추출방식이라는 바리스타의 추가 설명이 있었다.

.페루 이네스 파타 게샤 (브루잉 커피)

재스민의 꽃 향과 상큼한 레몬 산미 뒤에 아몬드의 진한 고소함이 조화를 이루었고 설탕의 청량한 단맛과 함께 깔끔함으로 마무리하였다.

.스윗 솔티 라떼 (아이스)

달콤한 크림 속에서 게랑드 소금의 짭짤함이 톡 치고 나올 때 즈음 커피가 입안으로 들어와 균형을 이루었고. 전체적으로 단맛이 지배하고 질감이 부드러운 라떼였다.

특히 크림이 인상에 남을 정도로 맛있었다.

서울 성동구 상원10길 23 1층
https://instagram.com/fika.workshop

휴식을 뜻하는 스웨덴의 문화'FIKA'와 로스터리 작업장을 의미하는 'WORKSHOP'이 만난 이곳은 어떤 곳이고 또 어떤 커피를 하는지 궁금하여 길을 나서게 되었다. 뚝섬역 2번 출구에서 나와 7분 정도 가다 보면 옛 동네에서 새로운 오피스 타운으로 탈바꿈해가는 옛것과 새것이 공존하는 동네가 나오고 그 끝자락에서 '피카워크샵 (FIKA WORKSHOP)'이 있었다. 블랙을 메인 칼라로 한 인테리어는 간결하면서도 메니시한 힘이 느껴졌다. 사방으로 난 창을 통해 들어오는 동네 주변의 풍경은 이곳에 편안함을 더해주고 있어서 상반됨의 조화를 자연스럽게 보여주고 있는 듯했다. 바와 바 사이에 난 유리창으로 제법 커 보이는 기센 로스터기를 볼 수 있었는데 이는 단순히 로스터기 기능 외에도 훌륭한 오브제 역할을 하고 있었다.

메뉴는 크게 블랙, 화이트, 필터, 논 커피로 구성되어 있었고 FIKA 블렌딩 원두 3종
'너티파티' '땡큐베리' '하드워커'를 포함한 총 8가지의 원두가 준비되어 있었다.
싱글 오리진: 에티오피아 콩가 G1, 브라질 문도 노보 펄프드 내추럴, 브라질 문도 노보 아카이아
내추럴, 과테말라 게이샤 파카마라, 콜롬비아 게이샤 언에어로빅 워시드

.필터 커피 레시피
하리오 드리퍼를 사용하여 원두 18g에 260~270g 물을 푸어링 하여 추출하는 것을 기본으로 하
고, 그때그때 추출된 상태에 따라 물을 추가하여 맛을 조정하는 방식을 따른다고 했다.

.과테말라 게이샤 파카마라 (필터 커피)
묵직한 단맛이 달고나의 단맛을 연상시켰고 티의 쌉싸름함과 너츠의 고소함이 무게감을 더한 후
에 깨끗함으로 마무리했다. 단맛에 중점을 두고 로스팅 한다는 설명처럼 단맛이 인상적이었고 식
은 뒤에 원두가 원래 가지고 있던 플로럴 한 향이 살아서 올라왔다.
.땡큐베리 (에스프레소)
에티오피아 콩가 50%, 에티오피아 예가체프 50%가 블렌딩된 원두로, 플로럴 한 향과 고소한
맛이 담백하게 올라왔고 뒤이어 베리 신맛과 밀크캐러멜 부드러운 단맛이 균형을 이루면서 깨끗
한 맛으로 마무리하였다.
단일 국가 블렌딩임에도 특정한 향이 도드라지지 않고 마시기가 편하였다.

서울 성동구 서울숲2길 15-14 2층
http://www.instagram.com/dyi_workshop

서울숲역에서 9분 거리 또는 뚝섬역 8번 12분 거리에 있는 한 주택 단지의 막다른 골목 끝 쪽에
위치한 붉은 벽돌집 2층에 찾던 곳이 자리하고 있었다. 앱이 가리키는 집 전체가 음식점이어서
어딘지 몰라서 잠시 망설이고 있을 즈음 2층에 걸린 현수막에 쓰인 'DYI WORKSHOP'을 볼 수
있어서 찾던 곳임을 바로 알 수 있었다. 2층으로 올라가 유리문을 열고 들어서니 제법 넓은 공간
이 화사한 느낌으로 한눈에 들어왔다. 부분적으로 붉은 벽돌과 원목으로 되어 있는 바닥에 밝은
톤의 나무 재질로 되어있는 바와 원목 테이블이 조화롭게 배치되어 있어서 편안한 분위기를
만들고 있었다. 곳곳에 포인트를 준 블랙톤의 컬러가 무게감 있게 중심을 잡아주는 역할을 하고
있었다.

메뉴는 크게 커피, 논 커피, 티로 심플하게 구성되어 있고 에스프레소 메뉴 주문 시에는 'D' 'Y' 'I' 3가지 블렌드 중에서 선택할 수 있다. 핸드드립에는 '콜롬비아 엘파라이소 리치' '니콰라과 라지 버번' '에티오피아 시다모 물루게타' '콜롬비아 엑셀소 디카프' '과테말라 SHB 디카프' 5종의 싱글 오리진 중에서 선택할 수 있다.
이곳의 시그니처 메뉴라고 할 수 있는 7종의 초콜릿 살라미와, 바스크 치즈 케이크가 디저트로 준비되어 있었다.

.핸드드립 레시피
하리오 드리퍼를 사용하여 원두 17g에 수차례에 나눠서 총 300g의 물을 푸어링 하여 커피를 추출하였다고 했다.

.에티오피아 시다모 물루게타 (핸드드립)
자두의 상큼한 산미가 톡 치고 올라올 즈음에 초콜릿과 블랙 티 중간 즈음의 쌉싸름함과 설탕시럽 같은 단맛이 균형을 잡아 주었다.
.Y (에스프레소)
브라질, 인도 블렌딩
밀크 초콜릿의 쓴맛이 견과류의 고소함, 단맛이 함께 균형을 이루었고 전체적으로 부드러운 맛을 가지고 있어서 마시기 편하였다.
.스트로베리 초콜릿 살라미
건무화과, 건딸기, 크렌베리, 피스타치오가 간간이 씹히는 딸기맛 초콜릿은 마치 풍선껌과 같은 향기가 나면서 상큼한 맛을 가지고 있어서 먹는 동안 기분이 상쾌해지는 것 같았다. 초콜릿 살라미는 이곳에서 직접 만들고 있다고 했다.

서울 성동구 서울숲길 43 1층
https://instagram.com/meshcoffee

뚝섬역 8번 출구에서 나와 5분 정도 (서울숲역에서 8분) 가다 보면 서울 숲 근처의 작은 도로변
에서 '메쉬커피'를 만날 수 있다. 붉은 벽돌 건물 앞에 노란 플라스틱 박스형 의자가 놓여 있는
모습은 그대로인 듯했다. 낡은 듯한 시멘트 바닥과 목재로 된 가구들, 여러 장의 LP 판들 과
턴테이블이 놓여있는 모습들은 날 것 같은 빈티지한 모습을 그대로 보여주고 있었고 벽에 붙어
있는 작은 선반에는 이곳 오너들이 직접 쓴 책들과 직접 로스팅 하여 판매 중인 원두들이 진열
되어 있는 게 재밌게 다가왔다. 문을 열고 들어서면 바로 보이는 바에는 매립형 에스프레소 머신
인 모아이가 설치되어 있었고 그 뒤편의 작은 공간에 브루잉 관련도구들이 놓여있었다. 한편 크
지 않은 공간의 많은 부분을 로스팅 실이 차지하고 있는 것이 인상적이었고 태환 'PROASTER'
가 설치되어 있는 모습을 볼 수 있었다.

메뉴는 크게 브루잉 커피, 에스프레소 커피, 음료 (티, 마차, 초콜릿), 아이스 시그니처, 디저트로 구성되어 있다. 에스프레소 커피는 러브 블렌드와 싱글 오리진 중에서 선택 가능했고, 브루잉 커피에는 다음과 같은 싱글 오리진 커피들이 준비되어 있었다.

온두라스 아구아 둘세 게이샤 COE10위, 에티오피아 나노 찰라, 콜롬비아 엘 미라도르, 온두라스 나랑호

디저트로는 피넛 버터쿠키, 초코 청크 쿠키, 메쉬 베이직 스콘, 팥 스콘, 통밀 크리스피 요거트 볼이 준비되어 있다.

.브루잉 커피 레시피
하리오 드리퍼를 사용하여 원두 14.5g에 물 230g 푸어링 하여 커피를 추출했다.

.온두라스 나랑호(브루잉 커피)
견과류의 고소함과 신선하고 진한 설탕의 단맛, 레몬의 산미, 티의 쌉싸름함이 어우러져서 밝으면서도 깔끔한 맛을 냈다. 적당한 바디감으로 전체적으로 맛을 받쳐주고 있었다.
.카페라떼
쓴맛은 거의 없는 부드러운 커피우유로 단맛이 좋았고 커피와 섞인 우유의 풍미가 좋았다.

38 기미사 성수

서울 성동구 성수이로26길 47 1층, 지하1층
https://instagram.com/gimisa_seongsu

성수역 2번 출구에서 나와 15분 정도 가다 큰 건물들이 많이 들어선 한 지역의 안쪽으로 들어서면 '기미사'를 만날 수 있다. 시멘트가 노출되어 빈티지한 느낌을 주는 실내에 한국적인 소반 등이 실내 곳곳에 놓여 있었고 스피커에서는 경쾌한 리듬의 음악이 흘러나오고 있어서 서양과 한국적 이미지가 접목되어 독특한 분위기를 만들어 내고 있었다. 또한 벽 쪽으로 테이블을 배치하여 빈 공간을 넓게 두어 개방감을 주었다. '기미사'라는 이름은 맛과 향, 즉 센서리 (sensory)를 의미하는 옛말인 '기미'로부터 만들어졌다고 했다. 지하에는 비교적 넓은 공간을 차지하는 로스팅 실이 마련되어 있었고 이지스터 로스터기가 설치되어 있었다.

이곳의 메뉴는 시그니처, 커피, 리프레싱, 디저트로 구성되어 있다. 커피 메뉴는 단맛 중심의 기본 블랜드인 '미원'과 꽃과 과일향이 풍부한 게이샤 블랜드인 '미미'중에서 선택할 수 있다. 브루잉 커피를 주문하면 위의 두 가지 블랜드 외에 파나마 게이샤 두 종류 중에서 선택할 수 있다.

.브루잉 커피 레시피
원두 15g에 1:15를 적용하여 물 225g의 푸어링 하여 1분 20초가 되면 내리기 시작했다.
뜸 들이기 과정이 있고 물의 온도는 95°c였다.
이곳에서는 브루잉 커피 추출 시 보나비타 이멀전 드리퍼를 사용하였다. 침지식인 클레버와 비슷한 방법으로 추출하는데 하단에 구멍이 하나가 있고 구멍의 크기를 조절할 수 있어서 좀 더 디테일하게 커피를 추출할 수 있다고 했다.

.파나마 핀카 데보라 게이샤 '너바나' (브루잉 커피)
커피를 받아들고 첫입을 마셨을 때는 박카스의 톡 쏘는 듯한 맛이 홍차의 쌉싸름함과 함께 부드럽게 들어왔고 적당한 바디감이 커피의 맛을 받쳐 주고 있었다. 식을수록 산미와 쌉싸름함이 뚜렷하게 드러나면서 살짝 과일향과 함께 와인의 뉘앙스도 느껴졌다. 자기의 개성을 드러내면서도 부드러움을 끝까지 유지하는 게 인상적이었다.

39 에이치커피로스터스

서울 성동구 성수일로11길 10 1층
https://instagram.com/h_coffee_roasters

성수역 1번 출구에서 나와 11분 정도 가다 한 구역으로 들어서면 이곳을 만날 수 있었다. 화이트 외관에 블랙으로 쓰인 'H COFFEE ROASTERS'는 찾던 곳임을 알려주고 있었다. 그리 크다고 할 수 없는 실내의 반은 타원형의 원목 테이블이 차지하고 있었고, 정면으로 난 커다란 창을 앞에 두고 몇 개의 좌석들이 놓여 있는 구조였다. 기존에 있던 낡은 공간을 최소한으로 개조하여 가구를 배치한 느낌으로 빈티지하면서도 내추럴한 분위기를 냈다. 편한 옷차림의 젊은 여자 손님들이 삼삼오오 모여 앉아 이야기꽃을 피우고 있었고, 조금은 왁자지껄한 분위기 사이에서 흐릿한 음악이 흐르고 있어서 편한 분위기로 다가왔다. 타원형 바에 앉아보니 의외로 나만의 공간이 확보되어 편하게 앉아있을 수 있었다.

음료 메뉴는 크게 블랙, 화이트, 콜드브루, 필터 커피 등으로 구성되어 있고, 디저트류는 바나나 푸딩이 준비되어 있다고 했다. 에스프레소 메뉴는 고소한 견과류와 알밤의 풍미가 좋은 '올리브'와 포도와 자두의 산미와 밀크 초콜릿의 부드러운 단맛이 좋은 '레디시' 중에서 선택할 수 있다. 필터 커피에는 콜롬비아 게이샤, 에티오피아 언에어로빅, 페루, 케냐 AA, 브라질, 에티오피아 시다마, 과테말라 디카페인으로 총 7종의 싱글 오리진 커피들이 준비되어 있었다. 가격은 등급에 따라 조금 차이가 있었고, 이 중에 에티오피아 시다마는 '오늘의 필터'로 5,000원에 제공되고 있었다.

.필터 커피 레시피
하리오 메탈 드리퍼를 사용하여 원두 25g에 총 300g의 물을 여러 번에 나누어 푸어링 하여 커피를 추출한다고 했다.

.에티오피아 시다마 (필터 커피)
바리스타가 커피를 추출할 때에 올라오는 플로럴 한 향, 파인애플 향긋한 향, 싱그러운 풀잎 향이 느껴졌고 뒤로 갈수록 단 향이 올라왔는데, 한 모금 마시니 그대로 전달이 되었고 그린 토마토의 산미가 추가된 듯했다. 원두 양을 많이 써서 그런지 커피에서 무게감이 느껴졌다.
.올리브 (에스프레소)
견과류의 고소함, 크레마의 크리미함이 다크초콜릿의 비터니스, 시럽의 단맛과 함께 조화롭게 균형을 이루고 있었다.
과테말라 40%, 콜롬비아 30%, 브라질 30%가 블렌딩되었다.
.바나나 푸딩
시트 케이크 위에 바나나 조각, 커스터드 크림, 샘크림이 올라간 조합으로 은은한 바나나 향과 커스터드의 조합이 좋았다.

40 camouflage coffee

서울 성동구 아차산로1길 9
https://instagram.com/camouflage_seoul

뚝섬역 1번 출구에서 나와 한 골목으로 1분 정도 들어가다 보면 몇 개의 의자가 놓여 있는 심플한 외관을 가지고 있는 카모플라쥬를 만날 수 있다. 층고가 높은 긴 직사각형의 실내, 흰색 벽과 짙은 브라운 원목 바닥 위에 배치된 블랙, 메탈 계열의 가구들, 한 벽면을 차지한 그라피티 'Loser', 비트감 있는 음악, 계속해서 돌아가고 있는 로스터기 등으로 인해 캐주얼하면서도 b급 감성의 힙지로 들어온 느낌을 주었다. 이곳은 2018 컵테이스팅 월드 챔피언이자 시드니 LEIBLE coffee 소속 Yama Kim 과 시드니 Skittle Lane Coffee 소속 Ryan Yu가 함께 운영하는 커피 쇼룸 겸 로스터리로, 좋은 소재를 심도 있게 다루는 것에 중점을 두고 있다고 했다.

메뉴는 커피와 아더즈로 단순하게 구성되어 있다. 에스프레소 메뉴 추출시에는 이곳의 house blend를 사용하고 있고, 필터 커피 주문 시에는 ETHIOPIA SHIFERAW KURSE, KENYA MARUA, COLOMBIA GABRIEL BUENDIA 중에서 원두를 선택할 수 있다고 했다.
디저트는 따로 준비되어 있지 않아서 외부 음식 반입이 가능
하다고 했다.

.필터 커피 추출 레시피
-준비물 : 하리오 V60, 드리퍼, 서버, 케틀,
커피 원두 18g, 93도로 세팅된 280g의 물.
-추출 방법 :
1. 18g 원두 투입 후 50g의 물로 블루밍을 40초간 진행 (스푼으로 교반 4 회)
2. 110g 물을 추가로 투입
3. 120g의 물을 1:30 초가되었을 때 투입.
4. 총 추출 시간은 2:20-2:40 초 사이.

.Ehiopia Yirgacheffe Shiferaw Kurse (필터 커피)
재스민과 파인애플의 맛에 초콜릿의 쓴맛이 약간 첨가된 맛으로 적당한 바디감을 가지고 있었고 단맛과 신맛, 쌉싸름함이 그 뒤를 따라왔다. 식을수록 꽃 향이 살아서 올라왔다.
.하우스 블렌드 (롱 블랙)
콜롬비아와 과테말라가 섞인 하우스 블렌드로 추출한 커피는 진한 초콜릿의 쓴맛과 과일의 신맛이 어우러진 맛이어서 오렌지 초콜릿을 먹는 느낌이었다.

41 단일서울

서울 성동구 왕십리로 66-33 1층
https://instagram.com/danilseoul

서울숲 역 2번 출구에서 나와서 1분쯤 가다 보면 재건축에 들어간 듯한 노후한 아파트 단지가 나오고 그 뒤편의 상가에 이곳이 위치해 있었고 낡은 듯한 붉은 벽돌에 'DANIL SEOUL'이라고 쓰여있는 상호를 볼 수 있었다. '바리스타와 로스터로 오랜 기간 활동했던 두 사람이 시작한 커피 브랜드'란 안내문과 함께 'who' 'what' 'wholesale' 'parternership'로 소개하는 글이 담겨 있어서 이곳이 어떤 곳인지 대략 짐작이 갔다. 실내는 노출된 시멘트 바닥에 합판 느낌의 원목으로 된 기다란 테이블 하나가 놓여 있는 구조로 빈티지 느낌이었고 동시에 세련된 느낌도 함께 가지고 있었다. 스피커에서 흘러나오는 몽환적 느낌이 나는 전자 음악은 이곳 분위기를 한층 더 업 시키고 있었다. 실내에 테이블이 하나만 있었음에도 크기가 커서 자리에 앉으니 옆 사람 의식하지 않고 편하게 앉아 있을 수 있는 공간이었다. 쇼룸의 기능도 함께 가지고 있는 듯했다.

메뉴는 커피, 다른 음료, 디저트로 구성되어 있다. 원두는 33블랜드, 66블랜드, 두트라 (브라질), 핀카 리브레 (니카라과), 코체레 (에티오피아)로 5종의 원두가 준비되어 있다.
디저트로는 스틱 초콜릿, 쿠키, 티라미수가 준비되어 있다.
이곳에서는 주문하는 방법이 독특한데 원두를 선택한 다음에 그에 대한 설명이 들어 있는 카드를 받고 그 안에 나열되어 있는 음료 종류들, 핫, 아이스와 첨가물들 중에서 원하는 것에 체크를 하여 바리스타에게 건네주는 방식이었다. 원하는 원두를 선택하기 위해 카드에 적혀 있는 설명을 한 번 더 읽어보는 효과가 있는 것 같았다.

.필터 커피 레시피
하리오 드리퍼를 사용하고 원두 20g에 1:16을 적용하여 총 320g의 물을 푸어링 한다고 했다.
물 온도 95°c 20초 50g - 45초 120g - 55초 180g - 1분 5초 250g - 1분 15초 320g

.핀카 리브레 니카라과 (필터 커피)
프레시함으로 시작하여 설탕시럽의 단맛과 귤의 신맛, 아몬드의 너티함, 살구의 부드러움이 느껴졌고 각 향들이 크게 두드러지지 않는 마시기 편한 맛이었다.
.66 BLEND (에스프레소)
콜롬비아 70%, 에티오피아 30%
초콜릿의 비터니스, 과일의 향, 산미가 진한 단맛을 만나 균형을 이루었고 몽글하면서도 실키한 질감을 가지고 있었다.

42 오버나잇 커피 로스터스

서울 성동구 왕십리로 410 J동 B 106-1호
https://instagram.com/ovrnghtcoffee

상왕십리역 1번 출구에서 나와 7분 정도 가다 보면 센트라스 아파트 단지와 상가가 나오고 그곳 안쪽으로 들어가면 'OVRTNGHT' 이라는 커다란 글자의 간판 아래에 화이트 문과 벤치형 의자들이 놓여 있는 로컬 느낌이 물씬 풍기는 카페를 볼 수 있었다. 문을 열고 들어가니 아담한 공간의 대부분을 차지하고 있는 바가 한눈에 들어왔고 전면으로 난 창가에 있는 원형의 테이블들, 공간 끝 쪽에 위치한 로스팅 실을 볼 수 있었다. 여러 개의 작은 조명에서 나오는 노란 불빛들, 스피커에서 흘러나오는 잔잔한 팝송들이 이곳을 밝으면서도 따스하게 만들어 주고 있었다. 또한 바 안에 있는 세 명의 여성 바리스타들은 분주하게 움직이고 있고 다양한 연령대의 손님들이 창가 좌석이나 바 테이블에 앉아서 음료와 함께 시간을 즐기고 있는 모습들이 정겨워 보였다.

이곳은 브루잉 커피를 전문으로 하는 곳으로 18가지의 원두들이 준비되어 있었고,이 중에 라떼가 가능한 원두들은 메뉴판에 추가로 명시가 되어 있었다. 나이트 오버 블렌딩이나 디카페인으로

에스프레소 베리에이션 메뉴들이 주문이 가능하였고 디저트는 따로 준비되어 있지 않았다. 1.콜롬비아 파라이소 92 로즈부케, 2.콜롬비아 파라이소 92 라임 모히토, 3.콜롬비아 파라이소 92 망고 펀치 게이샤 이중 무산소 발효, 4.콜롬비아 파라이소 92 파파야 펀치 게이샤 메일 효모 무산소 발효, 5.콜롬비아 파라이소 92 맨해튼, 6.콜롬비아 벨라 알레한드리아 게이샤, 7.콜롬비아 엘 베르텔 버번 코지 슈퍼내추럴, 8.콜롬비아 엘 파라이소 리치피치, 9.콜롬비아 과카나스 민트 인퓨즈드, 10.콜롬비아 몬테블랑코 코코넛 인퓨즈드, 11.과테말라 우에우에테낭고 MWP 디카페인, 12.나이트 오버 블렌딩, 13.에티오피아 시다모 물루게타 문타샤 내추럴, 14.에티오피아 구지 샤키소 비샬라 워시드, 15.엘살바도르 산 안드레스 파카마라 무산소 내추럴, 16.코스타리카 사바나 레돈다 밀레니엄, 17.페루 솔리다리아 게이샤 워시드, 18.페루 세로아줄 게이샤 내추럴

.브루잉 레시피
(HOT 1: 15) 1) 40ml 푸어 30초 불림, 2) 70ml 푸어.3) 100 ml 푸어, 4) 90ml 푸어
(2분 30초~3분) , 하리오 드리퍼

.과테말라 우에우에테낭고 MWP 디카페인 (브루잉 커피)
단맛이 진하게 올라왔고 오래 구운 군고구마의 뉘앙스가 느껴지는 강배전 느낌의 커피였다. 커피를 마시는 중에 뭔가 한 가지가 빠진 것 같은 맛이 디카페인 커피임을 알려주고 있는 듯했다.
.콜롬비아 벨라 알레한드리아 게이샤 (라떼)
첫 모금에서 선명한 얼그레이 밀크 티의 맛이 났고 초콜릿의 쓴맛이 부드럽게 다가왔다. 설탕이 조금 들어간다고 했는데 단맛이 모든 맛들을 뒷받침해 주고 있는 듯했다.
진한 밀크티와 같은 맛이 고급스럽게 다가왔다. 콜롬비아 벨라 알레한드리아 게이샤는 허브를 넣고 무산소 발효한 커피로 허브의 향이 짙게 나서 라떼와도 잘 어울리는 커피로 보였다.

43 로우키

서울 성동구 연무장3길 6 1층, B1층
https://instagram.com/lowkey_coffee

성수역 4번 출구에서 나와 8분쯤 가다 보면 어떤 골목의 붉은 건물 1층에 위치한 '로우키'를 볼수 있다. 건물 앞에 놓인 작은 테이블과 의자에 사람들이 앉아있는 모습은 여유로움 그 자체였다. 실내로 들어서니 상상했던 대로 아담한 공간에 주문과 커피를 만들 수 있는 원목 느낌의 바가 놓여 있었고 벽을 허문듯 한 옆 공간에는 큰 삼각형의 테이블이 놓여 있었고 그 주변에 손님들이 편안하게 앉아서 담소를 나누는 모습을 볼 수 있었다. 꾸미지 않은 듯한 편안한 공간으로보여 이곳만의 감성이 느껴지는 그런 공간이었다. 본체에서 나와 옆에 나있는 문으로 들어가면지하로 들어가는 계단이 있고 그쪽 실내에 또 다른 공간이 마련되어 있는 것을 볼 수 있다. 어두운 조명에 일렬로 테이블들이 놓여 있어서 노트북이나, 책을 읽기에 좋은 공간으로 보였다.

메뉴는 커피, 브루잉, 티, 아더즈, 바이트로 구성되어 있고, 커피 메뉴는 블렌드인 CLASSICO, LK, CHAMPAGNE, DECAF 중에서 선택할 수 있다.
브루잉은 예멘, 케냐, 에티오피아, 코스타리카, 브라질, 다크 문 원두 중에서 선택할 수 있다.
디저트라 할 수 있는 바이트에는 쿠키, 스콘, 휘낭시에, 롤 케이크 등이 준비되어 있고 케이크 종류를 빼고는 이곳 다른 지점에서 직접 굽고 있다고 했다.

.브루잉 레시피
원두 20g, 물 온도 90°c, 하리오 드리퍼
뜸 30g 30초, 1차 75~80g 1분~1분10초, 2차 105~110g 1분30초~1분40초,
3차 135~140g 2분~2분30초
가수   hot 100g, ice 서버에 얼음 가득, 찬물 10g

.케냐 티리쿠 AB (브루잉커피)
석류, 베리류의 상큼한 신맛과 향과 함께 견과류의 고소함이 느껴졌고 시럽의 단맛이 더해져 균형을 이루었고 뒤이어 티의 쌉싸름함이 따라왔다. 진하게 추출하여 가수하는 추출 법을 쓰고 있어서 여운이 긴 맛을 가지고 있고 맑은 맛을 가지고 있어서 마시기에 편했다.
.초코 롤케이크
초코 시트지에 초코 크림이 들어간 케이크는 자극적이지 않고 담백한 맛이었고 커피와 조화로운 맛이었다.

44 브루잉 세레모니

서울 성동구 연무장5가길 22-1 1층
https://instagram.com/brewingceremony

성수역 4번 출구에서 나와서 한 골목 안으로 4분 정도 들어가다 보면 사진에서 봤던 둥근 블랙 유리의 전면을 가지고 있는 '브루잉 세레모니'를 만날 수 있다. 입구에 있는 돌로 된 장식품이 눈에 들어왔고 마치 예술적 공간으로 안내하고 있는 듯했다. 실내로 들어서니 사방으로 둘러싼 유리벽과 노출된 시멘트 벽, 회색의 가구들이 어우러져 모던하면서도 세련된 분위기를 만들고 있고, 스피커에서 흘러나오는 잔잔하면서도 웅장한 클래식 음악은 이 공간에 고급스러움을 더했다. 밖에서 안이 보이질 않으니 지나가는 행인들과 밖을 보는 재미가 있었다. 타원형의 실내에 등받이 없는 좌석이 일자로 배치되어 있고 공간 한쪽 숨은 공간에 음료를 만드는 바와 골드 칼라의 프로밧 로스터기를 배치해 놓아서 로스터리 카페임을 보여주고 있었다.

메뉴는 브루잉, 머신, 논 커피로 심플하게 구성되어 있다. 메뉴판 옆에는 6가지 원두를 간략하게
설명한 카드들이 놓여 있고 브루잉 커피를 주문 시에 이 중에서 선택하면 되는 방식이었다. 에티
오피아, 페루, 케냐, 콜롬비아, 예멘, 브라질 싱글 오리진 원두들이 준비되어 있었다.
음료와 함께 할 디저트로는 화이트 브라우니, 애플파이, 마론이 있었다.

.브루잉 커피 레시피
칼리타 드리퍼를 사용하여 18g 원두에 차례대로 30, 60, 60, 60, 60g 총 270g 물 (1:15)을 푸어
링 하여 약 250g 커피를 추출한다고 했다.

.예멘 모카 (브루잉 커피)
커피를 한 입 들이키니 밀크초콜릿에 설탕 시럽을 섞은 것 같은 맛이었고 살짝 얼씨함도 느껴
졌다. 뒤로 갈수록 찻잎의 플레이버가 더해졌고 전체적으로 부드러운 맛이었다.
.애플파이
시나몬 향과 함께 달콤한 사과 조각이 가득 찬 담백한 맛이었고 브루잉 커피와도 잘 어울렸다.

45 로스터리선호

서울 성북구 동소문로26가길 28 1층
https://instagram.com/roastery_sunho

성신여대역 1번 출구에서 나와 7분쯤 가다 보면 한 작은 도로변에 있는 붉은 벽돌 건물에 'ROASTERY SUNHO'라고 쓰여있는 것을 볼 수 있어서 찾던 곳임을 바로 알 수 있었다.

카페의 전면 전부를 유리창으로 마감하여 밖의 풍경이 그대로 들어오는 실내는 개방감과 함께 밝은 느낌을 동시에 주고 있었고 스피커에서 나오는 클래식한 느낌들의 음악은 편안함을 더하고 있었다. 공간의 끄트머리에 설치되어 있는 바에는 커피 머신, 디저트 박스, 필터 커피 추출도구, 각종 원두 통들, 그라인더가 가지런히 놓여 있었고 조명이 바를 돋보이게 비쳐주고 있어서 자긍심이 있는 커피 전문점임을 말해 주고 있는 듯했다. 로스팅 실이 있는 것으로 보아 사장님이 직접 로스팅을 하고 있는 것으로 보였다.

메뉴는 커피, 시그니처, 논 커피, 디저트로 구성되어 있고 음료와 곁들일 수 있는 이곳에서 직접 만든 파운드케이크와 초코칩 피칸 쿠키, 빨미까레가 디저트로 준비되어 있다.

에스프레소는 다음과 같이 A, B, C 중에서 원두를 선택할 수 있다. 에스프레소 (A), 콜롬비아 엘

파라이소 리치 (B), 콜롬비아 엘엔칸토 패션 후르츠 (C)

핸드드립 커피는 다음과 같은 16가지 원두들 중에서 선택할 수 있다.

에콰도르 루그미파타 티피카메조라도 워시드, 콜롬비아 파라이소92 망고펀치 게이샤,

파나마 이리데슨스 게이샤 카보닉메서레이션 워시드, 콜롬비아 마가리타스 수단루메 네츄럴,

콜롬비아 파라이소92 라임모히토 자바, 페루 세로아줄 게이샤 네츄럴,

에티오피아 워카사카로 제로그레이드 워시드, 동티모르 레스테 에라토이 워시드,

콜롬비아 파라이소92 피치넥타, 케냐 니에리 s.l.d 네츄럴,

과테말라 몬자스 발라다레스 게샤 워시드, 파나마 잔슨01 게이샤 워시드,

콜롬비아 알레한드리아 게이샤 무산소 워시드, 르완다 싸이야 자라마 트리플워시드,

케냐 니에리 s.l.d 무산소 네츄럴, 페루 플로리안 산체스 게이샤 워시드

.핸드드립 레시피

하리오 드리퍼를 사용하여 20g의 원두에 물 240g을 수회 차에 나누어 드립 하여 총 200g의 커피를 추출하고 있으며 이는 미디엄 라이트 원두의 다양한 플레이버를 선명하게 끌어내기 위함이라고 했다.

.파나마잔슨01 게이샤 워시드 (핸드드립 커피)

커피를 한입 들이키니 연한 재스민, 살구의 몽글함과 산뜻한 신맛이 입안으로 들어왔고 티의 쌉싸름함이 강렬하게 뒤를 이어갔다. 밝은 신맛이 있는 커피 맛에 적당한 바디감을 실어줘서 고급스러움을 더했다.

.초코칩 피칸 쿠키

크기가 큰 쿠키는 꾸덕꾸덕한 쿠키와 조각 초콜릿과 피칸이 어우러져서 진한 쿠키 맛이었고 진해서 깨끗한 드립 커피 맛을 해칠 수 있어서 커피를 즐긴 후에 쿠키를 먹는 것을 권했다.

46 바스크

서울 성북구 삼양로9길 10-2
https://instagram.com/bask_coffee

길음역에서 13분 정도 가다 보면 나오는 한 골목에서 이곳을 만날 수 있다. 보통 사람들이 살 것 같은 정겨운 분위기가 나는 동네에 깔끔한 외장을 하고 있는 '바스크'가 눈에 띄었다. 실내는 입구 쪽에 난 통창으로 동네 풍경이 그대로 들어와서 개방감과 함께 편한 느낌을 주었고, 화이트 톤을 배경으로 진한 색과 밝은색의 원목 가구를 배치한 실내는 개업 후 5년이 지난 세월의 흔적을 곳곳에 볼 수 있어서 친근감이 들었다. 커피 바 옆에는 프로밧 로스터기가 큰 공간을 차지하고 있는 것이 눈에 띄었다.

메뉴판에는 커피, 에스프레소&아더 커피, 티, 아더로 구성되어 있고, 커피는 콜롬비아 라 레오나 만다린, 유월 블렌드, 여름 숲 블렌드, 온두라스 엘 아마딜로, 니카라과 핀카 리브레 디카

페인, 과테말라 타후무코, 에티오피아 리무 내추럴이 준비되어 있다. 원형 테이블에는 이곳에서 판매하고 있는 드립백, 원두, 휘낭시에, 레몬 케이크 등이 진열되어 있었다.

.필터 커피 레시피
이곳 사장님께서는 30g의 원두를 사용하여 그날의 상황에 맞게 커피 양을 추출하신다고 했다
하리오 드리퍼에 케맥스 필터지를 사용하는 것이 특이하다고 했더니 커피 플레이버를 더 잘 추출하기 위해서 적용한 방법이라고 했다.

.여름 숲 블렌드 (필터 커피)
케냐와 에티오피아를 블렌딩한 커피로 지금 계절에 좋다고 사장님이 추천해 주셨다.
컵 주변에서 플로럴 한 향이 흘러나왔고 짭짤한 토마토와 자몽을 블렌딩한 듯한 맛이 묵직하게 들어온 다음에 그 쌉싸름함이 부드럽게 뒤를 이어갔다.

.레몬 케이크
레몬의 상큼함이 분명하게 드러나는 달콤한 마들렌 같았다.

47 하우스서울

서울 송파구 백제고분로9길 5
http://www.instagram.com/hows_seoul

잠실운동장 역 2번 출구에서 나와 대로변을 따라 12분쯤 가다 코너를 돌아서니 인터넷상으로 봐서 익숙한 붉은색 건물이 눈에 들어왔다. 건물들 사이에 있어도 양쪽 도로로 나누어진 곳에 독립적으로 위치해 있어서 존재감을 분명하게 드러내고 있었다. 들어가는 입구 표지판에 'COFFEE' 'BOOKS' 'GALLERY'라고 쓰여 있어서 이곳이 복합문화공간 임을 알려줬다. 통유리로 된 문을 열고 들어가니 그레이 톤의 외장과 우드톤의 가구들이 배치된 넓은 공간이 나타났다. 벽을 따라 있는 큰 유리창으로 들어오는 주변 풍경은 편안함과 쾌적함을 주고 있었고, 스피커에서 나오는 비트 있는 팝송은 기분을 한껏 업 시켜 주고 있었다. 이곳은 카페쇼 사무국에서 운영하는 곳으로 카페쇼에 나온 커피 머신, 그라인더 등을 사용하고 있다고 한다. 공간의 끄트머리 벽에는 각 작가들의 작품이 전시되고 있었다.

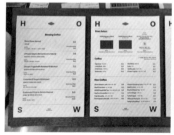  

메뉴는 크게 커피, 논 커피, 브루잉 커피로 나누어져 있고   커피 메뉴는 1st. 팔레트 브라운, 4th. 팔레트 퍼플, 에티오피아 시다마 벤사 케라모 네추럴, 페루 디카페인 중에서 원두를 선택할 수 있다. 브루잉 커피에는 4가지의 싱글 오리진과 1가지 블렌드 커피가 준비되어 있다.

이곳에서는 카페쇼 커피앨리에 참가한 많이 알려지지 않은 실력 좋은 로스터리의 원두를 게스트 반으로 사용하며 주기적으로 바꾸고 있고 이번엔 연희동에 있는 프로토콜(PROTOKOLL) 카페의 원두를 3개월간 사용하고 있다고 했다.

투명 유리로 된 매립형 쇼케이스 냉장고에는 몇몇 파운드케이크들과 음료수들이 고급스럽게 진열되어 있었고 그 외 몇몇 디저트들도 준비되어 있었다.

.브루잉 커피 레시피

오리가미 드리퍼를 사용하여 원두 19g에 40g의 물을 부어 블루밍 타임을 가진 다음에 170g 90g 으로 총 300g의 물을 푸어링 하여 커피를 추출한다고 했다.

.에티오피아 예가체프 보타바 g1워시드 (브루잉 커피)

재스민 향이 진하게 올라왔고 자몽의 쌉싸름한 산미, 설탕 시럽의 단맛이 부드럽게 어우러진 맛이 났다. 다만 시간이 지날수록 조금 탁하게 느껴지는 것이 아쉬운 점이었다.

.커피 쇼콜라 파운드 케이크

카카오 케이크 사이에 에스프레소 가나슈 크림이 진득하게 들어 있어서 초코초코한 맛이었다. 커피와 같이 먹기 좋은 디저트였다.

48 리프커피 문정점

서울 송파구 법원로 114 엠스테이트 B동 1층 106호.
https://instagram.com/lief_coffee

문정역에서 2분 거리에 있는 상가 밀집 지역에 위치한 이곳은 블랙 프레임 위에 'lief' 로고가 분명하게 표시되어 있어서 찾던 곳임을 바로 알 수 있었다. 2012년에 문을 연 이후 쭉 손님들에게 맛있는 커피를 제공하였고 지금은 가락점, 문정점, 송도점을 운영하고 있다고 한다. 초 여름의 기온으로 인해 열어 놓은 문을 통해 가볍게 안으로 들어가니 낮은 다락풍의 2층이 있는 아담한 규모의 실내가 한눈에 들어왔다. 전면으로 난 창문 겸용 문, 높은 층고 그리고 곳곳에서 비치고 있는 옐로 계열의 조명등이 어우러져서 밝고 편안하면서도 쾌적한 분위기를 만들었다. 스피커에서 나오는 비트감 있는 팝송은 한층 분위기를 업 시켜 주는데 일조를 하는 듯했다. 카운터 옆에 있는 계단으로 올라가니 'ㄷ'자 형으로 된 나무 의자가 놓여 있는 아늑한 공간이 나왔는데 4~5명 정도의 직장 동료들이 점심 식사 후에 이곳에 둘러앉아 커피 한 잔씩 하는 모습이 상상이 되었다.

메뉴는 싱글 오리진, 콜드 브루, 커피, 논 커피, 아이스크림, 프레시 베버리지, 디저트로 다양하게 구성되어 있다. 싱글 오리진은 아메리카노로 제공이 되고 있다는 점이 특이해 보였다. 바리스타 혼자 일하고 꾸준히 들어오는 손님들로 인해 필터 커피가 아닌 이런 방법을 택했을 것으로 보였다. 싱글 오리진이 아닌 아메리카노는 산미와 깔끔한 맛이 나는 '그린' 과 쌉쌀하고 고소한 맛이 나는 '블랙' 블렌딩 중에서 선택이 가능했다. 디저트로는 크로플, 바스크 치즈케이크, 말렌카 허니 케이크, 쿠키, 호두파이가 준비되어 있었다.

싱글 오리진은 케냐 AA, 에디오피아 예가체프, 인도네시아 만델링, 콜롬비아 수프리모, 코스타리카 따라주, 브라질 산토스, 과테말라 안티구아, 과테말라 디카페인이 준비되어 있다.

.인도네시아 만델링 (아메리카노)
강한 단맛과 다크초콜릿 비터니스가 균형을 이루어 강렬한 맛이 났지만 견과류의 고소함과 부드러움도 함께 가지고 있었다.
.바스크 치즈 케이크
꾸덕꾸덕한 크림치즈가 가득 들어 있는 치즈 케이크로 맛없을 수가 없는 맛이었다. 바스크 치즈케이크가 궁금하여 인터넷에서 검색을 해보니 "크림치즈를 고온으로 단시간에 구워 겉의 마이야르 반응을 극대화했다. 덕분에 탄듯한 비주얼과 스모키 한 향이 특징으로, 부드러운 스페인 치즈의 맛과 향을 느낄 수 있다. 또한 밀가루를 적게 쓰거나 없이도 만들 수 있어 다른 치즈케이크들보다 비교적 제조하기 쉽다." 라고 되어있었다.

49 에이엠에이 커피로스터스

서울 송파구 마천로8길 15 1층
http://www.instagram.com/amacoffee_roasters

방이 역 5번 출구에서 나와서 5분 정도 가면 나오는 골목 끝 쪽에 위치한 한 건물의 베이시 돈 차양에 'AMA' 이란 분명하면서도 커다란 글자가 쓰여 있어서 찾던 곳임을 바로 알 수 있었다. 화사하다는 첫인상을 가지고 실내로 들어서니 시멘트가 노출된 바닥과 천장을 배경으로 민트 톤의 그린 바와, 화이트 톤 의자와 테이블들, 밝은 톤의 원목으로 된 긴 의자가 조화롭게 배치되어 있었고 여기에 큰 창으로 햇살이 들어오고 있어서 깔끔하면서도 밝은 이미지를 만들고 있었다. 실내 한쪽에 놓여 있는 작은 스피커에서 흘러나오는 잔잔한 피아노 음률은 실내 분위기를 한층 더 차분하게 만들고 있는 듯했다. 실내의 가구들의 등받이가 낮아서 커피를 제조하는 바와, 원두 진열대가 한눈에 들어오는 이곳은 커피 전문점임과 동시에 쇼룸의 기능을 함께 가지고 있다는 사장님의 설명이 있었다.

이곳의 메뉴는 크게 드립 커피, 시그니처, 에스프레소, 콜드브루, 논 커피로 구성되어 있다. 'AMA 시그니처 블렌딩'은 아몬드와 초콜릿 향미가 인상적이며 부드러운 텍스처와 바디감이

뛰어난 '센스 오브 밸런스'와, 달콤한 베리류의 과일잼 플레이버와 깔끔한 촉감, 부드러운 바디감이 좋은 '센스 오브 테이스트'로 2종류가 준비되어 있고, 드립 커피 싱글 오리진은 다음과 같았다.

.스페셜

에티오피아 벤치 마지 게이샤, 콜롬비아 파라이소 92 옐로우판타지 타비
콜롬비아 엘 파라이소 리치, 로코시리즈 트로피카나

.클래식

에티오피아 물루게타 문타샤 내추럴, 콜롬비아 포토시 트레스 드래곤즈
코스타리카 신 리미테스 마리벨, 과테말라 산 안토니오 챠키테
브라질 다테하 스윗 콜렉션, 에티오피아 리무 내추럴

.드립 커피 레시피

원두 20g에 1:15를 적용하여 300g의 물을 푸어링 하여 커피를 추출한다고 했다.
하리오 드리퍼에 케멕스 필터지를 사용하는 이유는 조직감이 좋은 케멕스 필터지를 사용하여서 하리오의 빠른 물 빠짐을 조절하고자 함이며, 또한 누가 커피를 추출하더라도 맛의 일관성을 유지하고자 함이라고 하였다.

.과테말라 산 안토니오 챠키테 (드립 커피)

사과와 살구가 섞인 듯한 뉘앙스에 설탕의 단맛이 더해져 균형을 이루고 있었고 티의 쌉싸름함과 적당한 바디감이 전체를 감싸고 있었고 깨끗함으로 뒤를 이어가고 있었다. 자극적이지 않아서 마시기 편한 맛이었다.

.센스 오브 테이스트 (에스프레소)

베리류의 과일즙이 농축돼서 나는 듯한 톡 쏘는 신맛과 설탕의 단맛, 초콜릿의 비터니스가 어우러져서 깔끔한 에스프레소의 맛을 내고 있었다.
Costarica Candelaria 50%, Guatemala Santo Domingo 30%, Ethiopia Limu 20%

50 뉴웨이브 커피

서울 양천구 신목로2길 37
https://instagram.com/a.cup.of.newwave

오목교역 5번 출구에서 나와 9분 정도 가다 보면 아파트 단지와 기존 동네가 섞여서 특이한 느낌을 자아내는 어느 골목 한자락에서 '뉴웨이브 커피'를 만날 수 있다. 좁은 골목을 사이에 둔 아파트 단지 건너편의 상가주택 1층에 위치한 이곳은 멀리서 봤을 때부터 새로 단장한 느낌이 그대로 전달됐다. 은은한 노란 불빛과 두 가지 톤의 원목가구 등으로 꾸며진 실내는 화사하면서도 아늑한 분위기를 만들고 있었고 낮은 톤으로 조용하게 흐르는 팝송은 분위기를 한껏 부드럽게 만들고 있었다. 지하에도 공간이 있다 하여 내려가 보니 넓은 공간에 원목 테이블들 과 의자들이 배치되어 있어서 지인들과 주문한 음료를 들고 내려와 이곳에서 조용히 담소를 나누어도 좋겠다는 생각이 들었다.

메뉴는 커피, 논 커피, 티, 서머, 디저트로 되어 있고 에스프레소 메뉴를 위해서는 감귤 초콜릿을 먹는 듯한 산미와 단맛을 가지고 있는 '세컨드 웨이브' 블렌드가 준비되어 있다. 필터 커피를 위해서는 에티오피아, 코스타리카, 콜롬비아로 3종의 원두가 준비되어 있다.
디저트로는 티라미수와 쿠키가 준비되어 있었다.

.필터 커피 레시피
하리오 드리퍼를 사용하여 18g의 원두에 총 290g의 물을 뜸 들이기 35초 후에 2번에 나누어 푸어링 하는 방식으로 추출한다고 했다.

.콜롬비아 만델라 (필터 커피)
새콤한 포도 주스의 맛이 느껴질 즈음 초콜릿의 비터니스와 엿을 달인 것 같은 진한 단맛이 올라와서 전체적인 맛의 균형을 이루었고 부드러움과 깨끗함이 여운으로 남았다.
.세컨드 웨이브 (에스프레소)
브라질(40%), 인도네시아(40%), 에티오피아(20%)
오렌지 계열의 신맛과 함께 초콜릿의 쓴맛, 진한 단맛이 조화를 이루면서 가볍지 않은 독특한 커피 맛을 내고 있었다. 마시다가 중간에 설탕을 넣으니 가지고 있는 맛과 합쳐져서 진한 초콜릿 같은 맛을 냈다.
.티라미수
진한 마스카포네 치즈 크림과 달콤하고 진한 커피를 잔뜩 머금은 케이크 시트가 초코 가루를 만나서 기분 좋은 맛을 냈고 커피와도 잘 어울렸다.

51 링키지커피

서울 양천구 중앙로 23길 24
https://instagram.com/linkage.coffee

신정네거리역 1번 출구에서 나와 6분 정도 가다 보면 나오는 한 아파트 단지 초입에 위치한 이곳을 볼 수 있었다. 투명한 그린 색 입간판에 쓰인 'SPECIALTY COFFEE ROASTERY LINKAGE COFFEE'는 이곳의 정체성을 잘 알려주고 있었다. 실내로 들어서니 적당한 규모의 공간에서 나오는 쾌적함이 한순간에 느껴졌고 전면으로 난 유리문과 창으로는 햇볕이 들어와 개방감을 주고 있었다. 드러난 천장과 시멘트 바닥은 빈티지 콘셉트이지만 마감 처리를 잘한 완성도가 있었고 밝은색의 원목으로 된 진열장과 커피 바, 흰색 테이블, 곳곳에 배치되어 있는 푸른 나무들이 하나로 어우러져서 깔끔하면서도 밝은 분위기를 만들었다.

 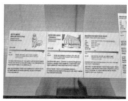 

메뉴는 에스프레소 메뉴, 필터 커피, 시그니처 메뉴, 티, 애플주스로 심플하게 구성되어 있고
따로 디저트를 준비해 놓고 있진 않았다. 링키지 블렌드 테이스트 라이크 커피, 링키지 테마 시
리즈 '그린하우스', 에티오피아 예가체프 이디도 워시드, 볼리비아 알라시타스 게이샤 코코 내추
럴, 콜롬비아 엑셀소 디카페인 으로 총 5종의 원두를 준비해 놓고 있었다.

.필터 커피 레시피
하리오 메탈 드리퍼를 사용하여 원두 20g에 총 314g (1:15.7)의 물을 여러 차례 나누어 푸어링
하여 커피를 추출하였다.

.볼리비아 알라시타스 게이샤 코코 내추럴(필터 커피)
포도 봉봉 주스 , 재스민 향이 밝은 산미와 함께 깔끔하게 올라왔고, 오일리한 필과 주시함을 동
시에 느낄 수 있었다.   각각의 맛과 향이 개성이 강했으면서도 부드럽게 조화를 이루고 있었다.
마시는 동안 '엘레강스'란 단어가 머리에서 맴돌았다.
이 커피는 게이샤 품종으로 40도 이하의 낮은 온도에서 30분마다 회전하는 코코 건조기에 커피
체리를 넣고 특정 수분 함량이 되도록 장기간에 걸쳐 건조하는 '코코 내추럴'방식이라고 하였다.
링키지 블렌드 테이스트 라이크 커피 (에스프레소)
비터니스가 강한 밀크 초콜릿이 푸른 사과의 산미, 단맛과 함께 균형을 이루었고, 과일향이 들어
간 코코아 음료 맛이 나기도 했다.

52 폰트 문래점

서울 영등포구 경인로77가길 6 1층
https://instagram.com/pont_official_

신도림역 6번 출구에서 10분 정도 가다 보면 철공소들이 밀집해 있는 지역이 나오고 이런 곳에 카페가 있을까 하는 의문이 들 때 즈음 낡은 듯한 붉은 벽돌집의 '폰트 커피'를 만날 수 있었다. 문을 열고 들어가니 층고가 높은 환한 실내가 한눈에 들어왔고, 보석 진열장을 연상케하는 타원형 디저트 장과 원두 판매대가 바로 손님들을 맞이하고 있어서 마치 고급스러운 매장에 들어온 듯한 흥분을 잠시 주었다. 실내 한가운데에 있는 기둥 주변으로 직사각형의 큰 좌석을 볼 수 있었는데 시골 마을 어귀나 옛 동네 슈퍼 근처에서 볼 수 있는 평상을 연상케 하여 편안한 느낌을 더해주고 있었다.

메뉴는 커피, 위드 밀크, 싱글 오리진 (필터 커피), 베버리지, 티로 구성되어 있다. 커피 메뉴는 '오버타임' 블렌드와 '호이스트' 블렌드 중에서 선택할 수 있다. 싱글 오리진 커피에는 에티오피아 2종과 코스타리카, 페루 커피가 준비되어 있었다.
디저트로는 쇼꼴라, 크루아상, 사과 파이, 초코 트위스트, 초코 팔미에, 퀸 아망, 치즈 스콘, 카눌레가 준비되어 있었다.

.필터 커피 레시피
칼리타 웨이브 드리퍼를 사용하여 원두 20.5g에 30.5g의 물로 블루밍을 하고 세 번에 나누어 총 300g을 푸어링 하는 방법으로 커피를 완성한다고 했다.

.페루 라 에스페란자 (필터 커피)
쌉싸름한 산미가 느껴지는 자몽 풍미와 주시한 단맛이 밸런스를 맞추었고 깔끔하고 부드러운 맛으로 마무리를 하였다. 누구에게나 쉽게 다가갈 수 있는 맛 같았다.

.퀸 아망
설탕 시럽을 머금은 결이 살아있는 페이스트리가 풍부한 버터의 풍미를 풍기면서 바삭한 식감을 주어서 오감을 자극하는 듯했다.

.카눌레
겉은 바삭하고 속은 촉촉하면서도 부드러워서 반전의 매력이 있는 구움 과자였다.

53 히트커피로스터스 한남

서울 용산구 이태원로 258 건물 뒤편 테라스 1층
https://instagram.com/hitcoffee_official

이번에 방문하려고 하는 카페는 천안에 본점이 있고 서교점과 한남점이 있다고 한다. 지금의 이태원 거리는 어떠한지 궁금하기도 해서 겸사겸사 이태원 방향의 한남점으로 출발하였다. 한강진 역 1번 출구에서 나와 대로변을 따라 6분 정도 내려가다 옆 골목으로 빠져 내려가게 되면 힙한 골목이 나오고 이곳 한편에서 '히트커피 로스터스'를 만날 수 있었다. 선선한 바람이 부는 햇살 좋은 오후에 이곳의 야외 테라스에는 많은 손님들이 앉아 있었고, 그 모습이 평화로워 보이면서도 그들에게서 나오는 활기가 그대로 전달이 되었다. 야외 덱을 지나 실내로 들어서게 되면 붉은 바닥 타일에 흰 벽, 검은색의 프레임과 바, 실링팬이 어우러져서 매니시하면서도 편한 느낌을 주는 공간이 나왔다. 늦은 오후에서 저녁으로 넘어갈 즈음에 손님들은 점점 더 모여들었고 그들이 삼삼오오 모여 담소하는 공간에 같이 앉아 있으니 마치 허물없이 소통이 서로 오가는 맥줏집에 앉아 있는 기분이 들었다.

메뉴는 크게 필터 커피, 히트 커피, 콜드 브루, 블랙, 화이트, 프레시 주스, 티로 구성되어 있다. 에스프레소 메뉴는 구운 토스트, 보리, 옥수수, 카라멜, 버터 맛을 가진 'ESPRESSO 22PM'과 라즈베리, 홍차, 메이플 시럽, 좋은 바디감을 가진 'ESPRESSO 25PM' 중에서 선택할 수 있다. 필터 커피에는 콜롬비아 라 에스페란자, 에티오피아 사오나, 에티오피아 오코루, 과테말라 엘 파잘, 볼리비아 트라피체, 온두라스 라스 아카시아스 로 총 6종의 싱글 오리진 커피가 준비되어 있었다. 디저트로 페스츄리 파이와 커스터드 바닐라 푸딩이 디저트 박스에 진열되어 있는 모습을 볼 수 있었다.

.필터 커피 레시피
원두 20g에 1:15를 적용하여 약 300g의 물을 푸어링 하여 커피를 추출한다고 했다.
칼리타 웨이브 드리퍼 위에 워터 드리퍼를 사용하고 있는 것이 눈에 들어왔는데 이는 추구하고자 하는 커피의 단맛과 바디감이 향상되고, 자극적이지 않고 즐기기 좋은 산미 톤을 표현하기기 위함이라고 했다.

.온두라스 라스 아카시아스 내추럴 (필터)
와인 향이 지나간 후에 티의 쌉싸름함과 오렌지의 상큼한 산미가 강하게 다가왔고, 견과류의 고소함도 함께 느낄 수 있어서 가볍지 않으면서도 깨끗한 맛이었다. 내추럴 프로세싱이라는 설명이 있었음에도 발효된 와인의 맛이 나는 것이 인성적이었다.

.커스타드 바닐라 푸딩
부드러운 푸딩이 다크한 단맛의 시럽을 만나서 강렬하면서도 풍부한 맛을 내고 있었다.

54 웻커피 한남

서울 용산구 한남대로27길 10 지층
https://instagram.com/wetcoffeeseoul

한강진 역 3번 출구 쪽 옆으로 난 작은 골목의 가파른 언덕길을 따라 내려가다 보면 주변에 여러 소소한 상점들이 모여 있는 작은 거리가 나오고 그곳에서 'wet coffee' 간판을 볼 수 있었다. 1층이 아닌 약간의 계단을 내려가는 지하에 자리 잡고 있었다.

실내는 흰 벽, 붉은 벽돌의 바닥과 우드로 된 좌석들이 조화를 이룬 아늑한 공간이 이었다. 벽과 가운데 기둥을 따라 기다랗게 놓인 등받이 없는 벤치형의 의자들과 사각형의 작은 철제 테이블들은 마치 사람들이 삼삼오오 모여 도란도란 얘기하고 있는 대합실 같은 편한 느낌을 주면서도 적당한 시간에는 일어나야 할 것 같은 분위기도 연출하고 있었다.

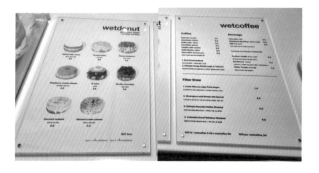

음료 메뉴는 커피, 베버리지, 필터 브루로 구성되어 있고, 커피 메뉴는 '다크 로스팅 블렌드'와 '에티오피아 예가체프 콩가 베켈레' 중에서 선택할 수 있다고 했다.

필터 브루 커피에는 코스타리카 라스 라하스 펠라 네그라, 니카라과 산 호세 루시드 드림 CM 내추럴, 에티오피아 넨세보 레피사 워시드, 콜롬비아 디카페인 레인보우로 4종류의 원두가 준비되어 있었다.

도넛 메뉴판이 따로 있을 정도로 특화되어있었는데 '도넛 킨더 가르텐'과 협업하여 제공되고 있다. 솔티드 밀크 크림,땅콩 버터, 피칸 시나몬, 라즈베리 크림치즈, 스모어,더블 초콜릿,코코넛 커스터드, 아몬드 크림 치즈 등 먹음직스러운 도넛들이 진열장에 진열되어 있었다.

.필터 브루 레시피
하리오 드리퍼를 사용하여 원두 20g에 50g의 물을 부어 블루밍 타임을 가진 뒤에 160, 60g으로 총 270g 물을 푸어링하여 커피를 추출하고 약간의 물을 첨가하여 완성한다고 했다.

.니카라과 산 호세 루시드 드림 (필터 브루 커피)
견과류의 고소함과 플로럴 한 향 뒤에 와인의 뉘앙스가 뒤따라 올라왔고 자몽의 쌉싸름한 산미와 진한 설탕시럽의 단맛이 균형을 이루면서 깔끔한 맛으로 마무리를 하였다.
이전에 마셨던 니카라과 커피 맛에 발효 향미가 첨가된 조금은 더 복합적인 맛으로 느껴졌다.

.솔티드 밀크 크림 도넛
달달한 슈거 파우더가 촘촘히 박힌 단단한 식감을 가진 도넛 사이에 달콤하고 부드러운 밀크 크림이 들어있어 흡족하게 느껴질 즈음 짭짤한 소금이 포인트를 줘서 인상적인 맛으로 마무리하였다.

55 엘카페커피로스터스

서울 용산구 후암로 68 B1
https://instagram.com/elcafecoffeeroasters

서울역 10번 출구에서 나와서 언덕배기 도로를 따라 올라가다 후암동 쪽으로 내려가면 도로변의 붉은 벽돌 건물 2층에 위치한 '엘카페커피로스터스'를 만날 수 있다. 이곳의 상징인 검은색 (짙은 회색)에 오렌지색의 긴 줄이 나있는 직사각형이 벽에 그려져 있는 모습을 보고 찾던 곳임을 알 수 있었다. 밖에서 봤을 때는 2층에 위치한 것으로 보였는데 건물 안으로 들어가니 계단을 내려가는 지하에 입구가 있는 특이한 구조였다. 안으로 들어가니 역시 오렌지색 이 섞인 검은색 (짙은 회색)으로 한 벽면을 채운 넓은 실내 공간이 나타났다. 가구와 바는 둥근 곡선 형태로 된 원목 가구들로 되어 있었고 벽에 난 큰 창을 통해서는 주변 모습과 햇볕이 들어오고 있어서 밝으면서도 세련된 이미지를 가지고 있었다. 이전 매장은 어둑한 느낌의 인더스트리얼 풍이었다면 이번 매장은 건물 낡은 문제점도 있고 해서 화사하고 밝은 톤으로 인테리어를 했다는 사장님의 설명이 있었다.

메뉴는 에스프레소, 에스프레소 베리에이션, 아메리카노, 밀크 베버리지, 콜드브루, 브루잉 커피
로 구성되어 있고 에스프레소 메뉴는 블렌드인 클래식, 이탈리아 잡, 음핑고, 셀렉션 디카페인
(+500), 싱글 오리진 (+1,000) 중에서 원두를 선택할 수 있다.
브루잉 커피에는 다음과 같은 싱글 오리진 원두들이 준비되어 있고 원두에 따라 가격은 각기 달
랐다. 예멘 알하주 피코랏 내추럴, 페루 베야 비스타 게이샤,온두라스 라스플로레스 무산소, 코스
타리카 산타 테레사 2000 화이트허니, 온두라스 레나시미엔토 파라이네마 워시드,에티오피아 예
가체프 첼베사 워시드, 과테말라 멘데스 워시드, 인도 아라쿠 워시드, 케냐 티리쿠 AB, 브라질
노보 오리존치 내추럴, [고엽] 엘카페 어텀 시즈널 블렌드

.브루잉 레시피
오토 브루잉 머신인 'POURSTEADY'로 추출하고 있다. 하리오 드리퍼를 사용하여 원두 15g에
약 1:16을 적용하여 250g의 물을 푸어링 되게 세팅하여 커피를 추출하고 있다고 했다.

.온두라스 레나시미엔토 파라이네마 (브루잉 커피)
달콤한 캔디와 와인을 섞은 듯한 맛이 부드럽게 올라왔고 티의 쌉싸름함과 함께 이를 감싸고
있는 적당한 바디감이 부드럽게 길게 이어졌다.
아벤시 컵에 담아 커피를 제공했는데 이 컵은 브루잉 커피에 특화된 컵이라고 했다. 입구가 적
은 컵은 향을 모아주기 때문에 향을 느끼기에 좋고, 입구가 넓은 컵은 맛이 풍부하게 올라온다고
했다.
.클래식 (에스프레소)
과일의 향, 진한 단맛과 부드러운 산미가 초콜릿 쓴맛과 균형을 이루면서 에스프레소 맛을 완성
하였다. 콜롬비아 60%, 과테말라 40% 블렌드

서울 은평구 연서로29길 21-8 1층
http://www.instagram.com/ymcoffeeproject

연신내역 7번 출구에서 나와 7분 정도 상가거리를 따라가다 한 골목으로 들어서면 오렌지색의 간판을 볼 수 있었고, 그 간판이 가리킨 좁은 골목 끝에는 붉은 벽돌집의 'YM COFFEE HOUSE'가 자리하고 있었다. 육중한 문을 열고 들어가면 일본 어느 동네의 핸드드립 카페에서 볼 법한 정겨운 모습이 보였다. 어둑한 조명과 원목의 가구들로 꾸며진 실내는 클래식해 보였고 나지막하게 들리는 경음악 운율이 분위기를 더 끌어올리고 있는 듯했다. 많은 젊은 손님들이 실내를 채우고 있는 모습이 이채로워 보였다. 원목으로 된 두 개의 바가 공간의 대부분을 차지하고 있었고 그 안의 바리스타가 핸드드립 커피를 내려주는 구조로 커피 머신을 사용하진 않는 드립 전문 카페라고 했다.

메뉴는 핸드 드립과 사이폰으로 추출하는 블랙커피와 베리에이션즈, 시그니처, 시즈널, 디저트로 구성되어 있다. 베리에이션즈에서는 커피 머신 없이도 만들 수 있는 카페 오레, 비엔나커피 등이 눈에 띄었다. 블랙커피에는 홈, 룸, 화이트 뱅쇼, 시나몬 크럼블 등 4가지의 블렌드와 과테말라

핀카 엘 소코로 레드 버번, 과테말라 SHB 디카페인, 콜롬비아 포토시 트레스 드레곤스 내추럴, 에티오피아 시다모 몰루게타 문타샤 워시드 등 4가지의 싱글 오리진 원두가 준비되어 있다. 디저트로는 퍼지 브라우니, 크림 브륄레, 무화과 시나몬 크럼블, 바스크 치즈케이크가 있었다.

.핸드드립 레시피
핸드드립 추출도구로 1인분 일 때는 멜리타 드리퍼, 2인분 일 때는 칼리타 드리퍼를 사용하고 있다고 했다. 3가지 농도 중에서 선택할 수 있는데 진한 농도 (원두 25g 이상), 중간 농도 (20~22g), 연한 농도 (18~19g)이 있다. 원두 20g 기준으로 200ml 커피 추출을 2분 10초 정도에 하는 것을 기준으로 하고 있다고 했다.
이곳은 저울이나 디스펜서를 따로 사용하고 있지 않은데, 원두 상태에 따라 미세한 감각으로 커피 추출을 완성하고자 함이라고 했다.

.홈 시그니처 블렌드 (핸드드립 커피)
콜롬비아, 인도네시아, 과테말라, 브라질 커피가 블렌딩된 커피라고 하여 선택했고 중간 맛을 선택하였다. 진한 단맛과 초콜릿의 쓴맛이 조화를 이루는 강배전 느낌의 커피였다. 식을수록 쓴맛의 강도는 약해지고 단맛이 좀 더 커피 맛을 지배했다. 직화 커피의 묵직함이 있으면서도 깔끔함이 지배하는 커피였다.
.에티오피아 시다모 몰루게타 문타샤 워시드 (핸드드립 커피)
잘 구운 달콤한 군 고구마 맛이었고 신맛은 올라오려다 사라진 뒤에 재스민의 향이 살짝 올라왔다. 전체적으로 깔끔한 맛이었다.
.퍼지 브라우니
진하면서도 부드러운 초코가 가득 들어 있는 브라우니는 빵이라기보다는 꾸덕하면서도 달콤한 초콜릿을 먹는 맛이었다. 옆에 있는 크림을 찍으니 부드러움이 더해졌다.

57 해례커피

서울 은평구 통일로83길 19 1층
https://instagram.com/haeryecoffee

연신내역 7번 출구에서 나와 양쪽으로 상점들이 들어서 있는 한 골목으로 5분쯤 들어가다 보면 이 카페를 만날 수 있다. 골목이라 표현했지만 차들이 오갈 수 있는 도로변의 코너에 꽤 큰 규모로 위치해 있었고 화이트와 우드 톤으로 꾸민 외관이 인상적이어서 바로 눈에 띄었다. 문을 열고 들어서니 노란 불빛을 받고 있는 퍼플 톤의 바와 목재 장, 또한 그 옆으로 난 목재 틀로 가려진 큰 창들이 조화를 이루어서 아늑함과 개방감을 동시에 주고 있었다. 실내에 배치되어 있는 가구들이 깔끔하면도 모던한 느낌을 주는가 하면 한편으론 한쪽 구석에 있는 창에는 사극에서 봄직한 옛 그림이 그려져 있어서 고전적인 느낌도 함께 가지고 있었다. 이곳 이름에 대해 바리스타에게 물어보니 훈민정음 해례본에 '해례' 의미를 가지고 브랜딩을 하였다고 했다. 한글로 이름을 지으려고 고민했던 노력들이 커피에도 들어가서 한국인의 입맛에 맞으면서도 맛있는 커피였으면 좋겠다는 생각을 해봤다. 바에는 달라코르테 커피머신과 드립 도구들이 같이 놓여 있는 모습을 볼 수 있었다.

메뉴는 해례 시그니처, 해례 시즌음료, 해례 커피, 해례 티로 구성되어 있다. 디저트로는 와플이 준비되어 있다. 이곳 메뉴판에는 핸드드립 메뉴가 메인을 차지하고 있는데 그 이유는 커피를 내리는 시간 동안에 손님들이 이 공간에 익숙해지고 또한 편안함을 느끼며 '여유'를 가졌으면 하는 바람에서라고 했다. 핸드드립 커피에는 브라질 베르다 내추럴, 인도네시아 쁘기씽 내추럴, 에티오피아 사미 우라가 라로 원두가 준비되어 있다.

.핸드드립 커피 레시피
칼리타 웨이브 드리퍼를 사용하여 1:15를 적용하여 18g의 원두에 약 270g의 물을 드립 하여 커피를 추출했다.

.인도네시아 쁘가씽 내추럴 (핸드드립 커피)
와인의 쌉싸름함. 과일의 산미와 단맛이 어우러져 맛의 균형을 이루었고 신선한 맛이었다. 쁘가씽은 가요 지역에 속한 곳이라고 했다. 이전에 가요 마운틴 커피를 먹어본 기억이 있는데 그때의 느낌과는 사뭇 달랐다. 최근 들어 인도네시아 커피에서도 다양한 맛과 향이 나는 걸 보면 생산과정이나 가공 과정에서 여러 시도를 하면서 계속적인 변화를 위해 노력하고 있다는 생각이 들게 하는 커피였다.

서울 종로구 대학로11길 41-6 1층
http://www.instagram.com/matiere_by_leeshore

혜화역 4번 출구에서 나와 4분 정도 작은 도로를 따라 내려가다 보면 살짝 꺾인 작은 골목에서 이곳을 만날 수 있었다. 대학로 근처라 믿기지 않을 정도로 골목의 조용한 풍취가 느껴지는 곳이 었다. 사진에서 봤던 화이트 톤의 외관에 '커피, 마띠에르'가 노란 불빛 아래 반짝이고 있는 모습이 따스해 보였다. 문을 열고 들어가면 몇몇 원두들과 구움 과자들이 놓여 있는 진열대가 바로 보이고 그 뒤로 커피 관련 머신들과 디저트 박스가 놓여 있는 바를 볼 수 있다. 주변을 살펴보니 화이트톤의 배경에 원목으로 된 라운드 테이블과 의자들이 놓여 있었고 약간 낡은 듯한 세월의 흔적이 묻은 모습이 유럽의 한 카페를 연상케 했다. 로스팅 실에는 버닝 4kg과 이카와 샘플 로스터기가 설치되어 있었고 주변에 놓여 있는 각종 관련 도구들과 생두 포대들, 그리고 각종 로스팅 대회에서 수상한 상장과 메달들이 인상적으로 다가왔다.

두 개의 메뉴판이 있었는데 '골드 빈 월드 시리즈 세계 2위 수상'이라고 쓴 메뉴 판에는 에스프레소 베리에이션 메뉴들이 나열되어 있었다. 에스프레소와 아메리카노는 베리류의 산미와 밸런스가 있는 '앤썸' 과 쌉싸름한 다크초코, 캐러멜, 고소함이 있는 '리볼버'중에서 선택할 수 있다. 브루잉 리스트에는 게이샤/ 예멘 마이크로랏과 스페셜티 커피 4종, 디카페인이 나열되어 있었다. 다양한 각종 케이크들과 구움 과자들이 곳곳에 진열되어 있는 모습도 볼 수 있었다.

.브루잉 커피 레시피
하리오 드리퍼를 사용하여 원두 15g에 1:13의 비율로 물을 푸어링 하여 커피를 추출한 다음에 약 40g 정도의 물을 가수하는 방법을 사용한다고 했다. 추출한 커피 맛이 진하기 때문에 가수를 해야 좋은 맛을 얻을 수 있다는 설명이 있었다.

.예멘 알자하르 무산소 내추럴 (브루잉 커피)
산미가 살짝 있는 포도 주스 뒤에 은은하게 올라오는 발효 향과 시럽을 달인 듯한 단맛이 무게감 있게 뒤를 받쳐주고 있었다. 자극적이지 않으면서 편하게 먹을 수 있는 커피였다. 개인적으로는 향이 분명하게 드러나는 커피를 선호하기에 가수를 하지 않는 추출 방법이었으면 더 좋지 않았을까 하는 생각을 잠시 해 보았다.

.앤썸 (에스프레소)
진한 단맛과 기분 좋은 초콜릿 비터니스와 함께 따라오는 산미가 느껴졌고 이어서 다채로운 향이 느껴지는 중후한 맛이었다.

59 궤도

서울 종로구 필운대로 9-2 3층
https://instagram.com/gwehdo

경복궁역 1번 출구에서 나와 8분 정도 가다 보면 카페와 음식점들이 모여 있는 비교적 조용한 한 동네에 들어서게 되고 그곳에 모여있는 건물들 중에 한 곳에 '궤도'가 자리 잡고 있다.

건물 3층으로 올라갈수록 웅성거리는 소리가 들렸고 철문을 열고 들어서니 각 테이블에 앉아 있는 여러 손님들이 두런두런 얘기하는 소리들이 더 크게 들려서 분위기를 밝게 띄우고 있었다. 큰 스크린에 지구가 색색별로 반복되면서 올라오고 있는 모습과 실내 한가운데 놓여있는 반원 형태의 아크릴 테이블 등 주변의 모습들이 궤도의 느낌을 주면서 인상적으로 다가왔다. 한편 스피커에서 흘러나오는 비트감 있는 음악은 이곳을 한층 더 힙하게 만들고 있었다.

 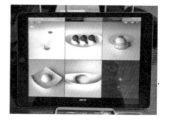

메뉴는 크게 익스클루시브, 커피, 논 커피, 필터 커피, 디저트로 구성되어 있다. 익스클루시브에는 망종, 백산이 있었는데 이들은 이곳에서 개발한 시그니처 메뉴라고 했다. 필터 커피를 위해서는 4종의 싱글 오리진 원두가 준비되어 있다. 음료 메뉴를 선택하고 그다음 메뉴판으로 넘어가면 예쁘게 생긴 디저트들이 나오는데 소르베와 무스들이었다.

4종의 싱글 오리진은 다음과 같았다. 니카라과 COE#14 엘 프린지페 자바 허니, 케냐 키앙고이 AA 2022, 콜롬비아 로꼬시리즈 #15 피냐콜라다, 콜롬비아 포파얀 슈가케인 디카페인

.필터 커피 레시피

하리오 드리퍼를 사용하여 원두 20g에 1:12를 적용하여 물 240g 푸어링 하여 약 200g의 커피를 추출한다고 했다. 다만 그날의 날씨나 원두 컨디션에 따라 추출 법이 조금씩 달라진다고 했다.

 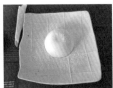

.콜롬비아 로꼬 시리즈 LOT#15 피냐콜라다 (필터 커피)

약간 꼬릿한 치즈 냄새와 함께 코코넛 맛이 느껴졌고 그 후로 사과씨의 쌉싸름함과 신맛,단맛이 어우러졌고 밀키함이 감싸고 있는 듯했다.

이 커피에 제공된 컵 노트에는 발효 과정에 여러 가공 과정을 첨가했다고 되어 있었고 커피 맛에 전달되었다. 식을수록 고유의 맛이 강해지고 있어서 호 불호가 있을 듯했다.

.치즈 무스

흰색의 찐빵 모습을 하고 있는 겉모습은 단순해 보였지만 반으로 갈라보니 보라색의 강렬한 블루베리 잼이 나타나서 반전의 묘미가 있었다. 달달하고 부드러운 크림치즈와 블루베리 잼이 만나서 부드러우면서도 진한 단맛을 만들고 있었다. 당이 당기는 날 먹으면 제격이다 싶었다.

서울 종로구 종로3길 17 D타워 1층 21호
https://instagram.com/fourb.hours

교보 문고 광화문점에서 2분 거리에 있는 D타워 1층에 위치한 이곳은 'FOURB'라고 창문에 커다랗게 쓰여있어서 찾기가 쉬웠다. 정문 앞에 놓인 붉은 벤치들과 좁은 협탁이 있는 모습을 볼 수 있었고 이곳에 앉아서 커피 한잔하고 싶은 마음이 들게 하는 풍경이었다. 한편 층고가 높고 기다란 직사각형의 모습을 하고 있는 실내에는 원목으로 된 높이가 있는 테이블들과 등받이가 없는 의자들, 거기를 채운 손님들과 소음, 바 뒤에서 바쁘게 움직이는 직원들, 스피커에서 나오는 낮은 톤의 재즈 등으로 채워져 있었고 이 모든 것들이 합쳐져서 마치 뉴욕의 잘나가는 베이글 가게를 연상케 했다. 문 옆에 놓여있는 베이글 진열대 뒤편에 규모가 큰 베이킹 실이 있고, 실내 한쪽에 긴 바에는 주문대, 드립 커피 바, 에스프레소 머신 바가 차례로 놓여 있는 걸 볼 수 있었다.

메뉴는 크게 화이트 화이트, 블랙, 아더, 베이글, 샌드위치, 스프레드&러스크, 파운드로 구성되어 있다. 커피 메뉴는 블렌드인 스모커와 스윗스컹크 중에서 원두를 선택할 수 있고, 드립 커피는 싱글 오리진인 에티오피아와 파나마 중에서 원두를 선택할 수 있다.
베이글은 플레인, 볼케이노, 허니 밀크 베이글이 판매 중이었고 베이글에 발라 먹을 수 있는 무화과 잼과 몇몇 스프레드들도 판매 중이었다.

.드립 커피 레시피
하리오 드리퍼를 사용하여 원두 19g에 물 100g을 푸어링 하여 스틱으로 휘젓기를 했고 190g의 물을 추가로 푸어링 하고 한 번 더 스틱으로 휘저어서 커피를 완성했다.

.파나마 (드립 커피)
곡물의 고소함, 단맛과 이 과일의 신맛이 어우러진 먹기 편한 농도의 커피였다. 사과씨의 쓴쓸함이 뒤에 길게 이어지는 것이 아쉬운 점이었다.

.볼케이노 피그 샌드위치
오이피클, 칠레산 햄, 크림치즈 등을 넣어 프레스로 누른 베이글은 오징어포 누른 것처럼 바삭하면서도 무겁지 않은 식감이었고 그 안에 있는 달콤, 고소, 새콤, 짭짤함이 동시에 느껴지는 담백한 베이글 샌드위치였다.

61 로투스랩

서울 중구 삼일대로9길 6 101호 명진빌딩
https://instagram.com/lotus_7_20

명동역에서 내려 막 지려고 하는 햇빛이 퍼져나가는 명동거리를 지나고 명동성당을 지나 도로변
에 있는 조그만 언덕배기에 도착했다. 시간이 멈춤 듯한 조용한 거리의 모습이 옛 동네의 정취를
느끼게 했다. 왠지 안심이 되면서 하얀 건물의 조금은 올라가야 하는 1층에 위치한 '로투스랩'으
로 들어갔다. 이미 문이 열려 있는 안으로 들어가니 조금은 오래된 듯한 인테리어, 오픈된 공간
에 놓여있는 소형 로스터기 등 너무나 자연스러운 동네 카페의 느낌이 한눈에 들어왔다. 메모해
놓았다가 일부러 찾아왔는데 모습이 소박하다 하였더니 꾸미지 않아서 죄송하다고 여사장님이
웃으면서 대꾸해 주셨다. 서울 한복판에서 이런 자연스러운 모습의 카페를 만난 것이 신기하면서
도 호기심으로 다가왔다. 커피를 받아들고 주변을 살펴보니 좀 낡은 듯하지만 전문성이 있는 커
피 장비들과 이곳에서 판매하고 있는 진열된 원두들의 모습이 이곳의 전문성을 보여주고 있었다.
액자 같은 창문들을 통해 건너편의 영락 교회가 보이고 스피커에서는 경쾌한 재즈가 흐르고 있
어서 앉아 있으니 편안함이 밀려왔다.

메뉴는 블랙 아메리카노, 로투스 라테, 화이트라테, 5.0 weekly beans, 6.0 special, 7.0 special 중에서 선택할 수 있다. 원두가 담겨 있는 통들을 보고 선택하면 됐다. 6.0 special에 속해 있는 에티오피아 예가체프 빌로아를 선택했다. 이 커피는 약간의 강 볶음이라고 사장님의 부연 설명이 있었다.

.브루잉 커피 레시피
20g의 원두에 물 310g을 푸어링 하여 약 280~290g의 커피를 추출하는 방법을 사용했다.
이곳에서는 오리가미 드리퍼에 칼리타 웨이브 필터지를 넣어서 사용하고 있는데 이는 빠른 물의 유속을 필터지가 제어하는 역할을 해주고 있기 때문이라고 했다.

에티오피아 예가체프 빌로아 (브루잉 커피)
한입 들이키니 달콤하면서도 톡 쏘는 듯한 파인애플의 향이 올라왔고 숨이 죽은 산미가 약간의 쌉싸름함과 함께 뒤로 길게 이어졌다. 사장님은 살구 자두 등 붉은 계열 과일의 향과 산미라고 설명하셨다. 시간이 지날수록 '특정한 어떤 맛이 끝까지 남는다'라고 하는 것이 아니라 처음에 느꼈던 맛들이 커피 전체에 퍼져서 풍부하면서도 깨끗한 맛을 계속 유지했다.
이 커피는 약간의 강 볶음커피라는 사장님의 부연 설명이 있었다.

서울 중구 을지로27길 27 1층
https://instagram.com/hellcafe_music

을지로4가역 4번 출구에서 3분 정도 가다 보면 유명하다는 우래옥 냉면집이 나왔고 그 별관 1층에 '헬카페 뮤직'이 자리하고 있었다. 골목임에도 찾기 쉬운 장소에 위치해 있었고 눈에 띄는 외관을 가지고 있었다. 짙은 그린의 육중한 문을 열고 실내로 들어서니 짙은 브라운 나무 목재 바닥에 같은 재질의 기다란 바와 창가에 가지런히 놓인 의자와 테이블들이 한눈에 들어왔고 신상의 느낌이 제대로 전달되었다. 공간을 구성하는 브라운, 그린, 오렌지 색깔들이 어우러져서 클래식함과 모던함이 공존하는 공간으로 만들고 있었다. 바 뒤의 진열장에 LP 판이 가득 꽂혀 있었고 굉장히 큰 앰프가 양쪽에 놓여 있는 모습이 인상적이었으며 여기서 뿜어 나오는 둔탁하면서도 큰 성량의 음악소리가 실내에 크게 울려 퍼지고 있어서 마치 음악 감상실에 들어온 느낌이었다.

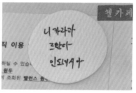

메뉴는 에스프레소 베리에이션즈, 드립 커피, 차,초코, 위스키, 샴페인,와인 등으로 구성되어 있고 디저트는 따로 준비되어 있지 않았다. 커피 음료 주문 시 강배전 원두와 밸런스 원두 중에서 선택할 수 있다. 드립 커피는 쓰고 단맛 위주의 강한 볶음을 하고 별도의 농도가 없으며 따뜻한 커피만 가능하다고 했다. 니카라과, 르완다, 인도네시아 원두가 준비되어 있었다. 드립 커피는 쓰고 단맛 위주의 강한 볶음을 하고 별도의 농도가 없으며 따뜻한 커피만 가능하다고 했다. 니카라과, 르완다, 인도네시아 원두가 준비되어 있었다.

.드립 커피 레시피
칼리타 드리퍼를 사용하여 원두 30g에 물방울이 떨어지지 않을 정도로 뜸 들이기를 한 다음에 수차례에 나눠서 회전식 드립을 하여 180g의 커피를 추출했다.

.인도네시아 (드립 커피)
강배전 특유의 진하면서도 부정적이지 않은 쓴맛과 황설탕의 깊은 단맛이 뒤로 길게 이어졌고, 한번은 구웠을 법한 오렌지의 산미도 느껴졌다.

.카페라떼
강배전 원두를 선택하여 주문했다. 큰 머그잔에 담겨 나온 카페라떼는 구수한 미숫가루 같은 후미와 진득한 단맛을 가지고 있었다. 강배전의 커피임에도 강한 쓴맛은 거의 느낄 수 없었고, 보통으로 마시기에 적당한 커피와 우유의 조합이었다.

63 노띵커피

서울 중구 퇴계로50길 33-2
https://instagram.com/nothincoffee

충무로역 2번 출구에서 나와 10분 정도 가다 보면 나오는 동국대 후문 근처에서 '노띵커피'를 만날 수 있다. 가까이 갈수록 온라인상에서 봤던 놀이공원의 궁전 같은 모습이 보이기 시작해서 찾던 곳임을 바로 알 수 있었다. 나무 문을 열고 들어서니 유럽 중세 골목에 있을 법한 돌바닥과 나지막한 둥근 천장을 가진 실내가 한눈에 들어와서 미니어처 유럽의 성에 들어온 듯한 느낌이 들었다. 이곳은 방송작가이자 그림책 작가 출신 김현화 바리스타와 전자제품 회로 설계 엔지니어 출신 김현준 로스터가 함께 고양시 서오릉에서 핸드드립 전문 카페를 시작했고 2021년 충무로로 매장을 이전하였다고 했다.

메뉴는 크게 에스프레소 음료, 핸드드립, 차, 계절 음료, 빵과 쿠키로 구성되어 있다. 이곳은 스페셜티 싱글 오리진 만을 전문으로 하고 있는 곳으로 에스프레소 음료에는 라이트 로스팅인 온두라스 엘 마타자노, 다크 로스팅인 콜롬비아 라 클라우디나 가 준비되어 있다. 핸드드립 싱글 오리진에는 라이트 로스팅인 에티오피아 요세프 요하니스, 온두라스 엘 마타자노, 코스타리카 카뉴엘라로 3종이 준비되어 있고, 클래식 핸드드립에는 다크 로스팅인 한 콜롬비아 라 클라우디나 가 준비되어 있다.

디저트 박스에는 롤케이크, 휘낭시에, 쿠키, 피칸볼이 진열되어 있다.

.핸드드립 커피 레시피

원두 15g에 1:16을 적용한 물 240g 드립 하여 커피를 추출했다.

이곳에서 개발한 '스테드패스트' 커피 브루어를 사용하고 있는데 드리퍼 소재는 메탈이고 가죽으로 겉을 싸고 있는 형태였다. 드립을 했을 때 온도를 빨리 올리고 보존하기 위함이라고 했다.

.코스타리카 카뉴엘라 (핸드드립)

와인 향이 깨끗하게 올라왔고 오렌지의 신맛과 단맛이 주시하게 뒤를 이어갔다. 커피에서 깨끗함과 커피 맛이 곱다는 느낌을 받았다.

.온두라스 엘 마타자노 (에스프레소)

캐러멜의 단맛과 밀크 초콜릿의 부드러운 쓴맛, 허브의 풋풋함이 오렌지 신맛과 조화를 이루었고 부드러우면서도 깔끔한 맛을 냈다.

64 펠트커피 청계천점

서울 중구 청계천로 14
https://instagram.com/felt_seoul

시청역 4번 출구에서 나와서 10분 정도 가다 보면 나오는 청계천 바로 앞에서 이곳을 볼 수 있었다. 건물 1층에 위치해 있었고 벽에 건물 이름을 새겨놓은 것처럼 'FELT'라고 뚜렷하게 되어 있는 모습을 볼 수 있었고 마치 큰 건물로 들어가는 듯한 느낌을 받았다. 육중한 문을 열고 실내로 들어가면 벽을 따라 처진 붉은 커튼과 묵직한 원목으로 된 바, 테이블과 의자들이 그 주변에 놓여 있는 모습이 한눈에 들어왔고 강렬하면서도 세련된 인상을 주었다. 음료를 받아 들고 문 옆 좌석에 앉으니 전면을 채우는 커다란 문을 통해서 청계천 주변의 모습이 한눈에 들어왔다. 바쁘게 일하다 이곳에 와서 커피 한잔하면서 바깥 풍경을 바라보여 잠시 쉬어도 좋을 것 같다는 생각이 들었다.

메뉴는 크게 에스프레소, 브루드 커피, 논 커피로 구성되어 있고 에스프레소 메뉴는 블렌드인 시즈널 에스프레소, 클래식 에스프레소, 디카프 에스프레소 중에서 선택할 수 있다.
브루드 커피에는 싱글 오리진인 코스타리카 허바주 산 로케 내추럴, 에티오피아 물루게타 문타샤 74158 이 준비되어 있다.
디저트로는 쇼콜라 바스크 치즈 케이크, 바스크 치즈 케이크, 시트러스 파운드가 준비되어 있다.

.브루드 커피 레시피
하리오 드리퍼를 사용하여 원두 20g에 1:16을 적용하여 총 320g 물을 푸어링 하여 커피를 추출하고 있으며 뜸 들이기를 포함하여 50, 120, 90, 60g 순이라고 했다.

.에티오피아 물루게타 문타샤 74158 (브루드 커피)
재스민 향, 자몽의 쌉싸름한 산미, 황설탕의 단맛이 초콜릿의 비터니스와 어우러진 맛이 났고 가지고 있는 화려함이 살짝 눌린 듯했다.

.쇼콜라 바스크 치즈 케이크
코코아 가루가 섞인 크림치즈가 잔뜩 들어 있는 구조로 달콤하면서도 부드러운 식감을 가지고 있었다. 커피와의 조합이 좋은 디저트였다.

65 오멜라스 커피

인천 부평구 경인로 931번길 17 1층
https://instagram.com/omelas_coffee

유튜브 채널 '안스타'에 이곳 대표가 대표가 나온 영상을 보게 되었다. '사군카페인' 유튜버로도
유명한 이곳 사장님은 로스팅 대회에서 우승할 정도로 실력이 있고 실제로 인천 부평 지역에서
카페를 운영하고 있다고 했다. 부평역에서 3분 정도 가면 집들이 밀집되어 있는 골목이 나오고
그 주변에 위치한 한 빌딩에 있는 굵은 주황색 선과 금색의 'OMELAS COFFEE'가 선명하게 눈
에 들어와서 찾던 곳 임을 비로 알 수 있었다. 높은 층고와 긴 직사각형의 내부, 전면 창으로
된 입구는 탁 트인 개방감을 주고 있었으며 블랙 칼라를 메인으로 붉은 계열의 칼라로 포인트를
준 인테리어는 이곳의 시그니처 컬러를 적절히 사용한 것으로 보였다.

메뉴는 크게 커피, 핸드드립, 시그니처 커피, 논 커피, 디저트로 구성되어 있다. 핸드드립 커피는 '에티오피아 예가체프 콩가 내추럴' 과 '에티오피아 벤치 마지 게샤 내추럴' 중에서 선택할 수 있다. 에스프레소 메뉴는 중배전 'Center Blend (브라질 50%, 과테말라 28%, 콜롬비아 15%, 인도 7%)' , 약배전 'Enter Blend (콜롬비아 60%, 에티오피아 40%) 중에서 선택할 수 있다. 디저트로는 플레인 스콘과 시나몬 너트 스콘이 준비되어 있었다.

.핸드드립 레시피
하리오 드리퍼를 사용하여 원두 20g에 1:14인 약 280의 물을 드립하여 완성하고 있고, 아이스 커피의 경우 원두 28g을 사용하고 있다고 했다.

.에티오피아 예가체프 콩가 (핸드드립)
재스민의 향과 티의 쌉싸름함이 묵직하게 다가왔고, 블루베리의 산미와 브라운 슈거의 단맛이 균형을 이루었다. 초입에 느꼈던 향이 사라지지 않고 커피를 다 마실 때까지 유지되고 있었다.

.오멜프레소
에스프레소 위에 초코 가루, 크림, 오렌지 제스트, 조각이 놓여 있는 모습을 하고 있었고, 크림을 떠먹다가 오렌지 즙을 짜서 바닥에 깔려있는 비정제 유기농 설탕과 섞어서 먹으면 된다는 설명이 있었다. 새콤, 상큼한 콘판나의 맛이었고 오렌지 향으로 마무리했다.

66 론트커피

인천 부평구 부평대로 38번길 3 1,2층
https://instagram.com/lohntcoffee

부평역에서 13분 정도 가다 보면 부평 문화의 거리가 나오고 그 안의 상점들로 쭉 연결되어 있는 거리에서 'LRC'라는 로고가 붙어 있는 곳을 볼 수 있었다. 'L'이 'LOHNT'로 보여 찾고자 하는 곳임을 바로 알 수 있었다. 유리 철문을 열고 들어가니 내장 합판으로 된 아치형 구조에 짙은 브라운의 바와 칸막이 안의 의자들이 놓여 있는 모습이 나타났고 마치 미국 소도시에서 팬케이크나 오믈렛과 베이컨을 팔 것 같은 로컬 식당의 느낌이 났다. 비트감 있는 음악, 곳곳에 걸려 있는 각종 문구 쓰여 있는 페넌트들이 어우러져서 힙한 느낌이 난다고 했더니 의도한 바였다는 사장님의 대답이 있었다. 분위기가 독특하여 여자 손님들끼리도 많이 오고 군인들도 온다고 했다. 가게 분위기가 무르익었다고 하니 2019년에 오픈하였다고 했다.

메뉴는 커피, 베버리지, 디저트로 구성되어 있고 브루잉 커피는 따로 싱글 오리진 카드로 분리해 놓고 있었다. 커피 메뉴는 초콜릿의 진한 단맛과 카카오의 쌉싸름함이 있는 '론트 에스프레소', 견과류의 고소함과 시럽과 같은 부드러운 단맛에 은은한 산미가 균형을 이루는 '신트리 에스프레

소', 스페셜티 커피가 가진 과일의 달콤함을 표현한 '마켓 에스프레소', 이 세 가지 블렌드와 콜롬비아 디카페인 중에서 선택할 수 있다. 브루잉 커피에는 콜롬비아 캄포 에르모소, 코스타리카 코트디에라 데 푸에고, 에티오피아 시다마, 온두라스 엘 서콘, 에티오피아 게뎁, 엘사바도르 산타 로사 로 총 6종의 싱글 오리진 커피가 준비되어 있었다.

메뉴판에는 디저트로 치즈케이크와 쿠키로 되어 있었고, 디저트 박스에는 쿠기들이 진열되어 있었다.

.브루잉 커피 레시피

1. 필터를 충분히 린싱한다. 2. 커피 18.5g을 분쇄한 뒤 드리퍼에 담는다.
3. 94도의 뜨거운 물 50g을 부은 뒤 20초간 뜸 들인다.
4. 20초가 지나면 뜨거운 물 225g을 나선을 그리며 푸어오버 한다.
5. 추출 시간 3분

디셈버 드리퍼를 사용하고 있었는데, 플레이버가 잘 추출되어 나오는 플랫베드 드리퍼인 칼리타 웨이브, 디셈버 드리퍼 중에서 디셈버 드리퍼가 좀 물 빠짐이 좀더 좋아서 이것을 사용하고 있다고 했다.

.콜롬비아 캄포 헤르모소 핑크버번 (브루잉 커피)

달콤한 진저 향이 올라오면서 시작이 되었고 재스민과 레몬그라스의 쌉싸름함이 섞여있는 듯한 맛이 느껴졌다. 여기에 사과의 산미와 단맛이 첨가되어 하나의 개성 있는 맛을 만들어내고 있었고 깨끗함이 입안에서 감돌고 있었다.

.브라운 넛

분쇄된 너트의 작은 알갱이가 씹혀 마치 미숫가루와 같은 질감과 고소함과 함께 에스프레소의 비터니스가 강한 달콤한 라테였다. 맛의 묵직함으로 인해 매니시함이 직관적으로 느껴졌다.

67 송도커피

인천 연수구 컨벤시아대로 60 송도 월드마크푸르지오2단지 149호
https://instagram.com/songdocoffee

송도 컨벤시아대로 60, 월드마크 푸르지오 2단지 쪽으로 갔는데 카페가 보이지 않아서 근처 부동산에 물어봤더니 안쪽 골목 상가로 들어가라고 하였다. 여러 상가들이 모여 있는 1층에 아담한 규모로 자리하고 있었다. 직사각형의 기다란 실내의 한쪽은 긴 원목으로 된 바, 반대편에는 원두 진열장. 끝에 2~3인이 앉을 수 있는 좌석이 놓여 있는 내부 구조를 가지고 있었다. "앉아서 먹을 좌석이 많지 않네요."라고 했더니 그나마 이것도 넓어진 것이고 테이크아웃 위주의 매장이라는 바리스타의 대답이 돌아왔다. 커피 실력으로 매장을 키워나가고 있다는 얘기로 들렸다.

메뉴는 스페셜 에스프레소, 에스프레소, 라테, 논 커피, 필터 커피와 논 커피 등으로 구성되어 있다 시즈널 에스프레소는 Mae Hong Son Blend(INDIA, ETHIOPIA,KENYA)로, 에스프레소 메뉴

는 Banyan Blend (INDIA, ETHIOPIA, COLOMBIA)와 Obst Blend (ETHIOPIA)로 추출되고 있다. 브루잉 커피를 위해서 총 10종의 스페셜티 커피가 준비되어 있었고, COE/ AUCTION / GEISHA 파트가 눈길을 끌었다. .페루 CoE #6 베요 오리존떼 게이샤 워시드 .파나마 엘리다 에스테이트 플라노 게이샤 내추럴 .파나마 아우로마르 게이샤 워시드

.브루잉 추천 레시피
하리오 드리퍼, 원두 16g, 물 260g
추출수 온도 : 95도 (실내 온도가 낮은 경우 더 높임)
- 40g 물 부어 40초 간 기다림 - 160g 1차 푸어링 - 60g 2차 푸어링

페루 커피를 추출할 시에 송도커피는 물에 커피가 잠긴 채 추출이 일어나도록 하는 방법을 적절히 활용하고 있으며, 추출 시간은 3분 이상 예상된다고 했다

.페루 COE #6 베요 오리존떼 게이샤 워시드 (필터 커피)
플로럴 향,오렌지의 산미와 오래 달인 조청의 진득한 단맛이 균형을 이루고 있었고 얼그레이의 쌉싸름함도 느껴졌다. 가볍지 않은 좋은 바디감을 가지고 있으면서도 주시함과 클린함을 놓치지 않고 있었다. 좋은 커피를 마셨을 때의 행복감이 한동안 느껴졌다.
.비노 옵스트 라테
진한 단맛을 가진 졸인 와인과 우유의 맛이 섞여 프리미엄 아이스크림의 맛이 느껴질 즈음 달콤한 라테의 맛이 들어오는 새로운 맛의 커피 음료였다.
피곤한 여름날 저녁에 이곳에 들러서 한잔 마시면 좋을 것 같았다.

68 크로마이트커피

인천 연수구 청량로155번길 39-5
http://www.instagram.com/chromitecoffee

송도역에서 연수구 옥련동 쪽으로 버스로 20분 정도 되는 거리에서 내려 언덕배기를 올라가다
집들이 모여 있는 동네를 만나게 됐다. 이 지역에 카페가 있을까 하는 의아심을 가지고 주위를
살펴보니 'CHROMITE' 'COFFEE' 'SCA Korea' '로스팅'라고 쓰여 있는 이정표를 볼 수 있어서
이곳이 찾던 그곳임을 알 수 있었다. 2층으로 된 붉은 벽돌의 건물은 여러 가구가 같이 살았을
법한 다가구 주택을 개조한 모습을 하고 있었고, 이곳에 카페, 로스팅 룸이 같이 위치해 있는
것으로 보였다. 카페 내부 공간은 시멘트가 노출된 배경에 원목 가구를 배치하고 여러 개의 작은
조명등으로 실내를 비추고 있어서 날것 같은 빈티지한 느낌에 따뜻하면서도 편안한 공간을
만들고 있었다. 기존 주택의 방이었을 것 같은 나누어진 여러 공간들에 각기 다른 형태의
가구들을 배치하여 색다른 느낌을 주고 있었다.

메뉴는 크게 브루잉, 에스프레소 베이스, 시그니처, 스위트 앤 푸드로 4 파트로 구성되어 있다. 에스프레소 파트는 루크, 비숍, 캔디 크러쉬 블렌드와 니카라과 원두가 준비되어 있었다. 브루잉 커피 메뉴구조가 좀 복잡했는데 칼리타로 추출하는 '크로마이트 브루잉'에는 온두라스 커피가 준비되어 있었고, 바리스타가 재량껏 추출하는 '오늘은 그대가'에는 에티오피아 2종, 코스타리카, 예멘, 파나마 커피가 준비되어 있었다. '스페셜티 커피 PLUS'에는 COE 급의 과테말라 게이샤 2종과 게이샤 커피가 준비되어 있었다.

스위트 앤 푸드 메뉴로는 크로와상, 티라미수, 샌드위치, 카스테라 등이 준비되어 있었다.

.브루잉 커피 레시피

크로마이트 브루잉 주문하였더니 칼리타 드리퍼를 사용하여 원두 20g으로 120g~130g 정도의 커피를 추출한 다음, 80g의 물을 가수하여 커피를 완성한다고 했다.

.온두라스 NW#3 (브루잉 커피)

견과류의 고소함과 달인 시럽의 단맛이 조화를 이루었고 블랙 티의 쌉싸름함이 부드럽게 뒤를 이어갔다.

.캔디 크러쉬 (아이스 아메리카노)

시즌 여름용으로 에티오피아 60%, 온두라스 30%, 콜롬비아 10%가 블렌드 된 커피로 음료를 주문하면 갈린 얼음이 올라간 아이스 아메리카노로 제공이 된다고 했다.

상큼한 신맛이 톡 치고 올라오는 강렬한 첫인상을 준 후에 과일의 향미와 티의 쌉싸름함이 뒤를 이어 갔다. 얼음이 녹을 때까지 계속 마시다 보면 더위에 나온 땀들이 다 들어가는 듯했다.

.오리지널 티라미수

커피를 흠뻑 먹은 시트지 위에 있는 부드러운 크림치즈가 코코아 가루와 만나서 달콤 쌉싸름한 티라미수 맛을 완성하였다. 둘이서 하나를 시켜도 될 정도로 양이 많았다.

69 클라리멘토

경기 고양시 덕양구 의장로 29-31 1층
http://www.instagram.com/clarimento

도래울 7단지 버스 정류장에서 내려서 2분 거리에 있는 상가주택단지로 들어서면 연보라색 프레임을 가진 커다란 유리 전면 위에 큰 글씨로 쓰인 '클라리멘토'를 볼 수 있었다. 외관이 주는 밝은 느낌을 가지고서 실내로 들어서니, 높은 층고와 화이트톤 배경에 곳곳에 밝은 보라색으로 포인트를 준 공간이 한눈에 들어왔고 깔끔하면서 세련된 이미지로 다가왔다. 벽을 기준으로 긴 의자가 놓여있고 널찍한 팔걸이들로 좌석들을 분리해 놓고 있어서 마치 극장의 한 좌석에 앉아 있는 듯한 편안한 느낌이었고 스피커에서 흘러나오는 느린 템포의 팝송은 실내 분위기를 한층 안정되게 해주고 있었다. 실내 한쪽에 마련되어 있는 꽤 큰 로스팅 실에 기센과, 스트롱홀드 로스터기와 디스모거 제연기 등이 놓여 있는 모습이 마치 작은 로스터기 전시장을 보는 듯했다.

메뉴는 크게 필터, 에스프레소, 논, 샌드위치로 되어있었고 간단히 디저트로 먹을 수 있는 스콘이 준비되어 있었다. 에스프레소 메뉴를 위해서는 상큼 달콤한 '카라멜로'와 찐득 고소한 '누베그리스' 블렌드가 준비되어 있었고, 필터 커피에는 다음과 같은 원두들이 준비되어 있었다.
1.파나마 핀카데보라 아이티스이스테이트 심비오시스 게이샤 포도 와인 레이어드Special Line
2.코스타리카 하시엔다 코페이 이타타키 게이샤 LnC, 3.코스타리카 코페이 미란 옐로우 카투아

이 무산소내추럴, 4.에티오피아 벤치마지 게이샤 무산소내추럴, 5.SUMMER BLEND NARANJA 썸머블랜드 나랑하, 6.에티오피아 낸세보 만도유 74112 내추럴, 7.콜롬비아 파라이소92 트로피칼 EA디카프, 8.케냐 은두은두리 sl28 sl34 ruirul1 워시드

.핫 필터 커피 레시피
드리퍼 hario v60, 필터 corn, 분쇄도 31(코만단테 mk4), 물 온도 96'
유량 bloom 1s-4g/1s-6g, 원두 17g, 추출수 270g, 추출양 220g

회수	추가 수	추출 시작	추출 끝
1	50	0:00	0:13
2	+90	0:40	0:55
3	+65	1:10	1:20
4	+65	1:40	1:50~ 2:30

이곳에서는 큰 금구슬 모양의 파라곤 사용하고 있어서 몇 가지 물어보았다.
호주 오나 커피 대표 사샤 세스틱이 만든 것으로 이 파라곤을 칠링 하여 커피 추출 시에 사용하면 커피가 뜨거운 물과 오래 접촉하지 않아서 커피 향을 좀 더 살릴 수 있다고 했다.

.코스타리카 하시엔다 코페이 이타타키 게이샤 LnC (필터커피)
재스민과 순한 포도 주스가 섞인 듯한 첫 맛을 시작으로 과일 사탕의 단맛과 부드러운 신맛이 은은하게 뒤를 이어 갔다. 식으니까 견과류의 고소함과 쌉싸름함도 살아났고 계속 이어지는 부드러움으로 감싸고 있었다.
.누베그리스 (에스프레소)
달콤한 과일향이 진한 초콜릿의 비터니스와 블렌딩되었고 적당한 바디감을 가진 독특한 맛이었다. 레몬의 신맛이 상큼함을 더해 주고 있었다.
.햄치즈 샌드위치
식빵 사이에 햄, 치즈, 씨겨자 소스를 넣고 눌러서 구운 샌드위치로 짭조름하고 고소한 맛을 가진 담백한 맛이었다.

70 네임드커피 정발산점

경기 고양시 일산동구 무궁화로187번길 8-2 1층
https://instagram.com/named_coffee

경의 중앙선 풍산역에서 내려 10분쯤 가다 보면 조용하면서도 평화로워 보이는 상가주택 거리가
나오게 되는데 이곳에서 '네임드 커피'를 만날 수 있다. 블루칼라로 꾸며진 카페 외관은 신상 느
낌으로 깔끔해 보였고, 실내로 들어서니 노출된 시멘트 천장을 배경으로 블루, 블랙, 베이지, 올
리브그린 칼라의 가구들이 조화롭게 배치되어서 모던하면서도 세련된 분위기를 만들고 있었다.
바깥 창을 통해 들어오는 초록 풍경들로 인해 더욱 멋진 공간으로 변신하고 있었다. 스피커에서
나오는 음악은 소리는 낮은 톤으로 실내에 흐르고 있어서 안정된 실내 분위기를 만들고 있었다.
공간 끝 쪽에 커피 장비들과 타원 형의 바가 설치되어 있는데 커피 추출 퍼포먼스를 위한 작은
무대 같은 느낌이어서 인상적이었다.

음료 메뉴는 커피, 필터 커피(핸드드립), 시그니처로 구성되어 있고 에스프레소 메뉴 주문 시에는 시그니처 블렌드인 'be named' 와 클래식 블렌드인 'called' 중에서 선택할 수 있다.
필터 커피는 '케냐 카링가 AA TOP'과 '에티오피아 모모라 내추럴' 중에서 원두를 선택할 수 있다. 타원형 바 한쪽에는 음료와 함께 할 수 있는 쿠키, 스콘, 카눌레가 놓여 있다.

.필터 커피 레시피
하리오 드리퍼를 사용하여 원두 20g에 30g으로 인퓨전 타임을 가진 다음에 100, 100, 70g의 물을 푸어링 해서 약 270g 커피를 추출한다고 했다.
직원마다 추출방법에 있어서 약간의 차이가 있다고 했다.

.케냐 카링가 AA TOP 커피 (필터 커피)
약간의 떫은맛을 가진 와인에 황설탕 시럽을 첨가한 맛이 강하게 느껴졌고 부드러움으로 마무리했다. 첫 느낌이 강렬해서 바로 집중을 하게 만드는 맛이 인상적이었다.

.초코칩 쿠키
달콤하고 촉촉한 쿠키 속에 초코가 들어 있었고 부드러운 맛이 났다. 크기가 커서 커피와 함께 하니 간단한 아침이나 휴식시간에 좋을 듯싶었다.

71 180커피로스터스

경기 성남시 분당구 문정로144번길 4 검정 건물
https://instagram.com/180coffeeroasters_official

율동 공원의 뒤편에 위치한 한 건물 앞에서 목적지라고 내비게이션이 알려줬다. 둥그런 형태 건물에 커다랗게 '180 COFFEE ROASTERS'라고 쓰여 있는 모습이 예전과 다를 바 없어서 반가운 마음이 들었다. 주변에 있는 호수와 공원에 가족끼리 연인끼리 즐기러 나온 사람들을 볼 수 있어서 커피 한잔 사서 그쪽으로 산책을 가도 좋을 것 같았다. 문을 열고 들어가니 원두 진열대가 파티션 기능을 하면서 왼쪽에는 디저트 박스, 주문 대와 커피 추출 관련 도구들과 사이폰이 놓여 있는 바가 있었고 파티션 오른쪽은 둥그런 창을 따라 몇몇 테이블과 의자들이 놓여 있었다. 노란 불빛이 퍼지는 블랙 톤의 실내는 빈티지한 분위기를 자아내고 노포의 느낌도 살짝 나고 또한 바 주변을 채운 많은 커피 장비들과 이곳에서 로스팅 한 다양한 원두 진열 등으로 인해 전문성이 묻어나는 공간으로 보였다. 커피 관련 장비들이 놓여있는 뒤편에 규모가 있는 로스팅 실이 있어서 로스터리 전문 카페임을 알 수 있었다.

메뉴는 크게 콜드 브루, 시즌, 디저트, 에스프레소, 브루잉, 테이스트 코스로 되어 있고 에스프레

148

소 메뉴는 블렌드인 바이올렛, 초콜릿, 다크초콜릿 중에서 선택할 수 있다. 브루잉 커피는 다음과 같은 원두 중에서 선택할 수 있다. 브라질 다테하 칸디도, 에티오피아 워르카 우리, 브라질 핀할 카티구아, 브라질 리마오호사 내츄럴, 과테말라 엘 소코로 버번, 콜롬비아 핀카 라 레세르바 카투라 치로소, 코스타리카 소노라 센트로아메리카노 내츄럴, 케냐 띠리쿠 AA, 케냐 띠리쿠 AA [다크], 페루 엘 세드로 마르셀 워시드, 크러쉬 아티산 블렌드, 브라보 아티산 블렌드, 율 디캐프 블렌드, 율 디캐프 블렌드 [다크]
디저트로는 햄치즈 샌드위치, 바스크 치즈케이크, 오레오 테린느,말차 테린느 등이 준비되어 있다.

.사이폰 레시피
230g의 물이 끓는 것을 확인한 다음 17.5g의 원두를 넣고 30초 동안 침지 시킨 후에 커피를 배출하여 완성했다.
브루잉 커피를 주문하면 추출도구를 사이폰과 에어로프레스 중에서 선택할 수 있다.

.페루 엘 세드로 마르셀 워시드 (브루잉 커피)
달콤한 캐러멜에 견과류의 고소함이 더해진 맛이었고 꽃 향과 산미가 뒤따라왔다. 전체적으로 부드러운 맛이었다.

72 글림

경기 성남시 분당구 벌장투리로 9 1층, 지하1층
http://www.instagram.com/gleam_cafe_

분당 대장동으로 된 주소를 내비게이션에 찍고서 따라가다 보면, 음식점들이 쭈욱 이어지는 먹자촌 골목 한쪽에 위치한 'GLEAM'이라고 쓰여 있는 단독 건물을 볼 수 있다. 가든형 카페라고 할 정도의 규모는 아니었지만 꽤 규모가 있어 보였고 건물 주변에 여러 대의 차들을 주차시킬 수 있는 주차 시설도 구비되어 있었다. 실내로 들어서니 시멘트와 천장이 노출된 회색빛 배경에 원목 테이블들과 블랙 컬러로 곳곳에 포인트를 주고 있어서 빈티지하면서도 중후한 느낌을 주고 있었다. 가구들이 좀 낡아 보였고 평일 오후임에도 중년 여성들을 포함한 다양한 손님들이 실내를 메우고 있어서 오픈한 지가 좀 된 동네 맛집이 틀림없어 보였다. 들어가는 입구 근처에 있는 커다란 테이블들 위에 몇몇 빵과 구움과자들이 진열되어 있는 모습을 볼 수 있었고 음료를 제조하는 바 뒤에 규모가 있어 보이는 베이킹 실이 있는 모습을 볼 수 있어서 이곳이 또한 베이커리 맛집임을 짐작게 했다.

메뉴는 커피, 오르가닉 허브티, 논 커피, 시그니처, 브루잉 커피로 구성되어 있다.
브루잉 커피에는 다음과 같은 원두들이 준비되어 있었다. 1 콜롬비아 핀카 라 프라데라 과일발효
- 딸기, 2 콜롬비아 엘 디비소 시드라 버번 닥터 페퍼 체리, 3 콜롬비아 엘 자피로 게이샤 블랜
드 내추럴, 4 에티오피아 벤사 케라모 G1, 5 케냐 키린야가 AA TOP, 6 콜롬비아 우일라 아세
베도 카트라 워시드
베이글, 시오 빵 등의 빵 종류와 마들렌, 휘낭시에 등의 구움과자와 자몽, 리얼 얼 글레이 케이
크 등 이곳 에서 직접 만든 다양한 베이커리들이 준비되어 있었다.

.브루잉 커피 레시피
칼리타 웨이브 드리퍼를 사용하여 원두 20g에 1:15를 적용한 물 300g을 몇 번에 나누어 푸어링
하여 총 2분 30초 안에 커피를 추출한다고 했다.

.콜롬비아 엘 자피로 게이샤 블랜드 내추럴 (브루잉 커피)
블랙 티의 쌉싸름함이 강하게 느껴지는 것이 인상적이었고 오렌지의 신맛, 단맛이 좋은 커피였
다. 기존의 플로럴함이 느껴지는 게이샤 향미와는 차이가 있었다.
콜롬비아 게이샤의 다양한 품종을 섞어서 로스팅 한 것이 아니고 콜롬비아 농장에서부터 여러
품종이 섞여 자라났기 때문에 블랜드란 이름이 붙었다고 했다.

.에스프레소
과일의 향과 산미와 함께한 다크초콜릿의 비터니스가 좀 더 강하게 느껴지는 맛으로 라테로 마
시면 좋겠다는 생각이 들었다. 콜롬비아, 케냐, 에티오피아 블렌딩.

.블루 치즈 시오빵
버터 향이 충분히 머금은 쫄깃한 식감이었고 그 안에서 블루치즈의 향이 진하게 풍겨 나왔다.

73 나무사이로

경기 성남시 분당구 석운로 194
https://instagram.com/namusairocoffee

차로 내비게이션을 따라서 가다 보면 판교에서 용인으로 가는 중간 어디쯤에 위치해 있는데 대중교통을 이용할 시에는 다음과 같다.
.성남 330번 석운동 종점 또는 두영전자 하차 - 도보 3분
.9007번, 9003번 한국학중앙연구원 하차 -택시 이용
야산으로 둘러싸인 약간 외진 곳에 위치한 큰 창들을 가지고 있는 직사각형의 밝은 톤의 건물은 마치 교외의 개인 미술관에 온듯한 멋스러움을 자아냈다. 실내로 들어서니 커다란 부스 같은 구조물이 한가운데를 차지하고 있었고 그 안에는 커핑 실과 커피 음료를 만들 수 있는 각종 도구들이 배치되어 있는 공간이 있었다. 사방을 둘러싸고 있는 큰 창을 통해서 주변의 자연 풍경과 햇볕이 그대로 실내로 들어왔고 주변에는 심플하게 보이는 좌석들을 배치되어 있어서 모던하면서도 따뜻함이 동시에 배여있는 공간을 만들고 있었다. 나무 사이로'는 주로 스페셜티 커피를 로스팅을 하여 커피의 고급스러움을 배가시키는데 집중하고 있다고 했다. 이곳은 2002년 신림동에서 시작하여 종로구 쪽으로 매장 이전을 하였고 지금은 분당구 판교 쪽에 로스팅 실과 쇼룸, 본사가 함께 합쳐진 통합 기능의 카페를 오픈했다고 했다.

메뉴는 크게 ESPRESSO, FILTER, NON COFFEE로 구성되어 있고 ESPRESSO 메뉴는 과테말라 와이칸 다크 (Guatemala Wakan Dark)로 만들어진다고 했다.
필터커피 주문 시에는 시나몬 (COLOMBIA CINNAMON), 민트 (COLOMBIA MINT), 아이스 (COLOMBIA ICE), 바니 (BUNNY), 브릴리 (BRILY) 중에서 선택할 수 있다.
여기서 시나몬, 민트 등은 커피 발효를 하는 가공 과정 중에 시나몬과 민트를 첨가하여 향을 배가 시킨 것이라고 했다.

.필터 커피 레시피
디셈버 바텀리스 드리퍼를 사용하여 추출하고 있고, 20g의 원두에 99°c 물을 푸어링 하여 1분 30초 뜸 들이기를 적용하여 140g의 커피를 추출한 다음에 100g의 물을 가수하여 커피를 완성한다고 했다.
매장에서 일하는 어떤 직원이 커피를 추출하더라도 동일한 맛을 내기 위한 방법이라고 했다.

.아이스(COLOMBIA ICE) (필터 커피)
아이스라는 이름의 콜롬비아 커피는 가공 과정 중에 와인의 공정인 얼렸다 녹였다 하는 과정을 적용한 것으로 와이니한 맛이 추가될 수 있다고 했다. 첫입 들이키니 허브티의 쌉싸름함과 레몬의 신맛, 단맛이 조화를 이루었고 산뜻한 커피 맛을 느낄 즈음에 발효된 듯한 와인의 맛이 살짝 살짝 내비치면서 주시함으로 마무리를 하였다. 몇 년 전 종로 매장에서 먹었던 커피의 느낌이 되살아나는 듯했다. 왠지 커피의 기운을 받아서 리프레시 된 듯했다.

경기 성남시 분당구 분당내곡로 131 1층 ACR
https://instagram.com/acr_korea

현대백화점 판교점에서 도보로 4분 거리, 판교역에서 2분 거리에 위치한 판교 테크원 빌딩 1층
에 자리하고 있는 '알레그리아 판교테크원점'은 통유리로 사방이 둘러싸여 있는 모습이 큰 유리
상자 안에 들어있는 오브제 같아 보여서 마치 설치 작품을 보는 듯한 인상을 주었다. 실내는 바
닥, 벽, 가구 등을 연한 색의 원목으로 처리하였고 옐로 계열의 불빛을 사용하여 따뜻하면서도
편안한 분위기를 만들고 있었고 세련된 느낌을 함께 가지고 있었다. 실내 어디쯤에서 흘러나오는
테크노(?) 음악은 매장 내에 있는 손님들의 여러 행동을 방해하지 않으면서 분위기를 경쾌하게
만들고 있었다. 문을 열면 바로 보이는 'A C R'라는 글자를 배경으로 커피 머신 장비 등이 놓여
있는 'ㄷ' 자의 바가 한눈에 들어왔는데 이는 마치 공연장의 무대 같은 느낌이었다.

메뉴는 커피, 핸드드립, ACR SPECIAL, 논 커피로 구성되어 있다. 커피 메뉴는 단맛이 좋고 균형 잡히고 부드러운 '정글 에스프레소'와 프루티, 초콜릿,시러피한 '메리 제인', 푸룬, 초콜릿, 미디엄 바디인 '에티오피아 시다마 디카페인' 중에서 선택할 수 있다. 핸드드립 커피에는 '시다마 벤사 봄베 워시드, 에티오피아' ' 기티투 AA, 케냐'' 모리타 워시드, 파푸아뉴기니' '파젠다 몬테알토, 브라질'의 4종의 싱글 오리진 커피가 준비되어 있다.

디저트류로는 스콘과 무화과 휘낭시에, 솔티 휘낭시에, 츄러스 휘낭시에가 준비되어 있다.

프로모션을 위한 이곳의 멤버십 카드 안내문을 볼 수 있었다.

.핸드드립 레시피

칼리타 웨이브를 사용하여 원두 20g에 30g의 물로 뜸을 들인 후에 120, 90, 60g의 총 300g의 물을 드립 하는 방법을 사용하고 있다고 했다.

.모리타 워시드, 파푸아뉴기니 (핸드드립)

아몬드의 고소함과 티의 쌉싸름함을 느낄 즈음 말린 꽃잎, 건 자두 향이 올라왔고 오렌지의 산미와 브라운 슈거의 단맛이 균형을 이루면서 부드러움과 함께 지속적으로 향미가 이어졌다.

.정글 (에스프레소)

브라질, 에티오피아, 과테말라가 블렌딩된 커피로 진하고 부드러운 밀크 초콜릿에 과일의 과육을 더한듯한 풍부한 질감을 가지고 있는 맛이었다. 에스프레소에 설탕을 첨가하니 부드러운 밀크 초콜릿의 맛이 더 배가되는 듯했다.

.츄러스 휘낭시에

겉은 바삭하고 속은 촉촉한 휘낭시에에 설탕가루와 시나몬 향이 추가되어 독특한 츄러스의 맛이 났고 먹는 사이사이에 풍부한 버터의 향이 퍼져 나오고 있었다.

75 땡큐로스터스

경기 성남시 분당구 판교역로 240 삼환하이펙스 A동 204호
https://www.instagram.com/thankyouroasters

오피스 빌딩들이 숲을 이루는 판교의 삼환 하이펙스 2층에 올라가니 문 옆에 반복되는 'thank you'라는 커다란 글자들을 볼 수 있어서 이곳이 '땡큐 로스터스 판교점'임을 바로 알 수 있었다. 투명한 유리문을 열었을 때 푸른빛을 띤 전면으로 난 창이 개방감 있게 한눈에 들어왔다. 화이트 톤 배경으로 배치된 밝은 톤의 원목 가구들과 이들을 비추는 기다란 조명등에서 나오는 옐로 불빛은 인해 깔끔하면서도 아늑한 분위기를 만들고 있었고 곳곳에 배치된 오렌지색 물품들로 인해 상큼함이 더해진 듯했다. 한편 스피커에서 흘러나오는 경쾌한 재즈풍의 음악은 실내를 더욱 활기 있게 만들고 있었다. 실내 한가운데에 크게 차지하고 있는 'ㄱ'형 바에는 머신, 그라인데 등 관련 장비와 브루잉 도구, 디저트 케이스 등이 놓여 있어서 이곳이 스페셜티 커피 전문점임을 보여주고 있었다. 이곳은 2020 마스터 오브 로스터 챔피언십 2등을 차지한 한동진 로스터가 대표로 있는 곳으로 쇼룸의 역할도 하고 있다고 했다.

메뉴는 크게 커피, 베버리지, 티, 보리, 마차, 필터 커피로 구성되어 있고 에스프레소 메뉴는 웰컴 블렌드와 디카페인 중에서 선택할 수 있다.

필터 커피는 크리스마스 블렌드, 폰테 알타 내추럴 브라질, 예가체프 게뎁 첼바사 G1 에티오피아, 안티구아 우나뿌 과테말라, 디카프 아티틀란 마운틴 워터 과테말라, 코르디예라 데 푸에고 무산소 발효 코스타리카 총 6종의 원두들 중에서 선택할 수 있다.

디저트류로 이곳에서 직접 만든 휘낭시에, 파운드 케이크, 쿠키 슈 등이 준비되어 있다.

.필터 커피 레시피

크리스마스 블렌드의 경우에는 하리오 드리퍼를 사용하여 20g의 원두에 물 340을 푸어링 하여 커피를 추출하고 있으며 각 원두에 따라 추출 법을 조금씩 달리하고 있다고 했다.

.크리스마스 블렌드 (필터 커피)

크리스마스 블렌드는 허니 프로세싱 과정 중에 오렌지 필이 들어간 콜롬비아 커피와 에티오피아 예가체프가 블렌딩된 커피라는 설명이 있었다.

커피를 받아든 순간 컵 주변에서 나는 향긋한 향을 맡을 수 있었고 한입 들이키니 라벤더 향,블랙 티의 쌉싸름함, 오렌지의 산미와 설탕 시럽의 단맛이 균형을 이루면서 맛이 안정적으로 이어졌다. 가공 과정에 들어간 오렌지 필의 향은 개인적인 취향에는 살짝 아쉬움이 있는 부분이었다.

.웰컴블렌드 (에스프레소)

브라질, 콜롬비아, 에티오피아가 블렌딩된 커피라고 했다.

진한 초콜릿의 쓴맛과 너티함이 조화를 이루어서 묵직한 맛을 내고 있었다. 설탕을 넣어 마시니 진한 초콜릿 음료를 먹는 듯했다.

.오렌지 휘낭시에

설탕시럽이 입혀져 있어 겉은 바삭하고 속은 촉촉한 휘낭시에는 간간이 오렌지 제스트가 씹히면서 향이 살짝 올라와서 향긋함을 전해주고 있었다.

경기 수원시 영통구 영통로200번길 47 1층101호
https://instagram.com/cafe.kuroisiro

수원 망포역에서 내려 10분쯤 지도를 따라가다 보면 고층의 아파트 단지가 나오고 이런 곳에
일본식 카페가 있을까 하는 의구심을 가진 채 가다 보면 소소한 화분들로 아기자기하게 꾸며진
'쿠로이시로'를 만날 수 있다. 일본의 어느 골목에서 만날 법한 모습을 하고 있는 카페를 이곳
에서 볼 수 있다는 것이 신기했다. 나무 문을 열고 들어가면, 간결해 보이는 등에서 나오는 은은
한 조명으로 인해 조금은 어둑하다 할 수 있는 실내에 원목으로 된 바와 몇몇 테이블들과 의자
들이 배치되어 있어서 조용하면서도 아늑한 분위기를 만들고 있었다. 반면에 스피커에서는 잔잔
하면서도 경쾌한 팝송이 흘러나오고 있어서 젊은 분위기가 느껴지기도 했다.

메뉴는 크게 커피, 디저트, 빙수, 소다, 에이드, 밀크, 티, 플라워 티로 구성되어 있다. 이곳은 사장님은 일본 고노사의 자격증을 가지고 있고 직접 로스팅과 핸드드립을 하는 카페라서 에스프레소 머신이 없다고 했다. 커피 추출 도구는 사이폰과 핸드드립 중에서 선택 가능했다.
준비된 블렌드 커피는 다음과 같았다.
.쿠로이 (흑) 블렌드 (강한 쓴맛)   .시로 (백) 블렌드   .하나비 블렌드
.사쿠라 블렌드 (약간의 산미)   .유가타 블렌드 (디카페인)

.핸드드립 레시피 레시피
고노 드리퍼를 사용하여 점 드립과 회전식 드립법으로 커피를 소량을 추출한 다음에 물로 희석하였다. 추출 시 저울은 사용하지 않고 2~3스푼 정도의 원두로 진하게 추출한다고 했다.

.쿠로이 블렌드 (핸드드립)
강한 쓴맛과 단맛이 조합을 이룬 커피로 깔끔한 맛을 가지고 있었고 일본 전통 카페에서 내려줬던 강배전 커피의 맛과 비슷한 느낌이었다.

.앙버터 토스트
바삭하면서도 찰기가 있는 토스트 위에 담백하면서도 적당한 단맛을 가지고 있는 팥소와 버터 덩어리가 올려져 있어서 풍부하면서도 담백한 맛이 났다..

77 오층커피랩

경기 수원시 장안구 송원로59번길 4 502호
https://instagram.com/5fcoffeelab

수원구 장안구에 위치한 '오층커피랩'에서는 커피에 관한 여러 프로그램을 진행하고 있는데 그중 하나가 [해외 로스터리 카페 투어였다. 세계 각지에 있는 유명 로스터리 숍에서 원두를 구매하여 참가자에게 여러 형태로 음료를 제공하는 방식이었다. 이번에는 심재범님이 쓰신 [교토 커피]에 소개된 '타카무라 와인 앤드 커피 로스터스'의 원두들로 진행될 예정이라고 하여 참석하기로 하였다.

이날 준비된 원두는 총 7가지로 커핑부터 시작됐다. 미디엄 라이트부터 미디엄 다크까지 로스팅 정도가 다양했고, 각 원두마다 고유의 향을 분명히 드러내고 있었다.

.Panama Martha Elen : 꽃 몽우리 향, 진한 황설탕
.Panama 007 Geisha : 플로럴한 향, 시트러스 한 귤
.Guatemala Geisha Buena Vista : 부드럽고 달콤한 복숭아
.Indonesia Gold Top Mandeling : 흙 향, 단맛
.Rwanda Mbilima : 시트러스 레몬, 부드러운 망고
.Kenya Massi Dark Roast : 다크초콜릿, 단맛
.Brazil Fazenda Recanto : 나뭇잎, 얼그레이

두 번째 코스는 필터 커피로 테츠 카츠야의 브루잉 레시피를 적용했다고 했다.
하리오 드리퍼를 사용하여 원두 20g에 60g 씩 5번에 총 300g 가수하여 커피를 추출하는 방법이
라고 했다.

필터 커피로 마신 커피들은 또 다른 매력들을 발산하였고 기분 좋은 레몬의 산미와 부드러움이
느껴진 르완다 커피를 대체로 선호하는 분위기였다.

그다음 코스는 에스프레소로 싱글 오리진으로 내린 커피임에도 밸런스가 좋은 맛이었다.

마시다 남은 에스프레소에 밀크 푸어링을 하여 마키아토까지 맛보게 되었다.
오늘 마셔 본 7가지 커피들이 깔끔한 맛을 유지하면서도 각 원두의 고유 캐릭터들이 잘 살아 있
어서 좋은 커피들이었고 개인적인 취향에도 맞는 커피들이었다.

경기 수원시 팔달구 창룡대로103번길 132 1층
https://instagram.com/coffeeguy_official

수원 화성 행궁 버스정류장에서 12분쯤 지도 앱을 따라가다 보면 조용한 분위기가 주변을 감싸고 있는 동네에서 낮은 음률의 재즈가 은은하게 흐르는 한 주택을 볼 수가 있었는데 이곳이 바로 '커피가이'였다. 실내 문을 여니 각종 대회에서 탄 상패들이 쭉 붙어 있는 모습이 바로 눈에 들어왔고 맞은편에는 크기가 큰 로스터기들이 놓여 있는 로스팅 실과 주문을 할 수 있는 바가 놓여 있어서 이곳이 커피 전문점임을 말해 주고 있는 듯했다. 열풍과 드럼의 밸런스가 가장 잘 맞는다고 하는 '이지스터' 로스터기를 사용하고 있었고 커피 제조를 위한 전문 장비들이 바 주변에 설치되어 모습을 볼 수 있었다.

메뉴판이 들어 있는 키오스크에서 주문을 할 수 있고, 자세한 설명과 함께 직원이 직접 주문을 받기도 했다. 메뉴는 커피, 핸드드립, 기타 음료, 사이드 메뉴로 구성되어 있고 핸드드립은 9지 원두 중에서 선택할 수 있다. 사이드 메뉴로는 마카롱, 크로플, 에그타르트, 크루아상이 있었다.

.클레버 추출 레시피
스페셜 커피 추출 시에 클레버를 사용하여 원두 20g에 200g의 물을 부어 추출한 다음에 가수하여 완성한다고 했다. 핸드드립 주문 시에는 하리오 드리퍼를 사용하여 추출한다고 했다.

5가지 메뉴를 맛볼 수 있는 샘플러를 주문하였다.

.에스프레소
스타 가이 블렌드로 내린 에스프레소는 쌉싸름한 자몽의 산미와 캐러멜의 단맛, 초콜릿 쓴맛이 만나서 밸런스가 좋았고 적당한 바디감을 가진 가볍지 않은 맛이었다.
.스페셜 커피
스페셜 커피로 '에티오피아 콩가 웨테 아마데라로'를 선택하였다. 커피를 한 모금 마셨을 때, 장미 향과 함께 베리류의 신맛과 티의 쌉싸름함이 조화를 이루고 있었다. 에티오피아 싱글 오리진의 클래식한 맛을 만난 것 같아 반가웠다.
.아포가토
에스프레소의 반은 남겨서 아이스크림에 부어서 아포가토로 먹으라는 설명이 있었다.
달고 부드럽고 쌉싸름한 커피 아이스크림은 더운 여름에 제격이었다.
.콜드브루
골든 커피 어워드에서 콜드브루로 상을 받은 곳이라 더욱 관심이 갔던 음료였다. 단맛과 함께 살구 향이 살짝 느껴졌고 전체적으로 모나지 않은 부드러움을 가지고 있었고 깨끗한 맛이었다.
.에그타르트
바삭한 타르트와 진한 노른자의 묵직함이 느껴지는 커스터드의 조화는 친숙한 맛이었다.

79 묵커피바

경기 안산시 상록구 성안1길 25 1층 101호
https://instagram.com/mukcoffeebar

지도 앱 상에는 한양대 에리카 캠퍼스에서 도보로 18분 거리에 이곳이 있는 것으로 나와 있었다. 주택과 상가들이 같이 공존하는 거리 끝 편에서 사진에서 봤던 블랙의 공간이 나타났다. 흐린 날씨임에도 멋진 분위기가 외관에서부터 뿜어 나오고 있었다. 비교적 넓어 보이는 실내는 전체적으로 블랙톤에 주문할 수 있는 바와 주변에 설치한 유리 벽, 드립 커피 만을 위한 무대 같은 공간 등은 모던하면서도 세련된 분위기를 만들고 있어서 마치 어떤 현대 미술관에 들어온 기분이 들었다. 낮은 조도의 조명으로 조금은 가라앉은 듯한 분위기가 난 반면에 전면으로 난 창을 통해 들어오는 외부의 풍경으로 인해 개방감이 더해졌다.

메뉴는 크게 커피, 시그니처, 논 커피, 티, 시즌, 디저트로 구성되어 있고, 커피 메뉴에 브루 커피(핸드드립)가 들어 있고 시그니처 메뉴인 흑임자 라떼와 디저트가 좋다고 했다.

브루 커피 주문 시 바 위에 놓여 있는 빵 타이거, 궤도, 묵 원두들의 특징을 잘 읽어 보고 이 중에서 원하는 것을 선택하면 된다고 했다. 디저트는 진열장에 놓여 있는 휘낭시에 와 먹물 소금빵 외에도 초코바, 케이크 등이 준비되어 있다.

.핸드드립 레시피

하리오 드리퍼를 사용하여 원두 20g에 300g의 물을 푸어링 하여 약 260g 정도의 커피를 추출한다고 했다.

.볼리비아 로스 로드리게스 게이샤 - 빵 타이거 오리진 (핸드드립 커피)

꽃 향이 컵 주변에서 전해지고 있었고 복숭아의 부드러움과 레몬의 산뜻하면서도 진한 신맛이 느껴졌다. 이 모든 것을 부드러움으로 감싸고 있어서 고급스러움을 더했다.

.먹물 소금 빵

바삭한 껍질 뒤에 질긴 듯한 빵의 식감이 기름진 버터의 풍미와 만나서 맛있지만 기름지다고 느껴질 즈음 짭짤한 소금이 맛을 정리해 줬다.

80 시그니처로스터스

경기 안양시 동안구 평촌대로127번길 88 1층
https://instagram.com/signatureroasters

앱 지도를 따라가보니 새로운 곳으로 이전한 것은 아니었고 평촌 학원가 뒷골목에 위치한 그 장소에서 리모델링을 한 듯 보였다. 실내의 한쪽 벽면에는 두 개의 바가 있었는데 한쪽은 드립 도구들이 놓여 있었고 다른 바에는 커피 머신과 관련도구들, 판매되고 있는 원두커피들이 놓여 있었다. 그리고 실내 한가운데에 커다란 원형 테이블이 놓여 있는 단순한 형태의 인테리어로 블랙톤의 통일된 느낌에 천장에 달린 커다란 노란 등이 실내를 은은하게 비춰주고 있어서 매니시하면서도 안정감 주고 있었다. 한쪽 켠에 놓여 있는 스피커에선 힘이 있으면서도 잔잔한 음악이 흘러나오고 있어서 이곳 분위기와 잘 어울렸다. 오너 장문규 대표는 2020 KBA 올해의 로스터, 2014-2018 Korea Coffee Roasting Champion 등 다수의 상을 받은 실력자라고 했다.

메뉴는 커피, 티, 시그니처, 논 커피로 구성되어 있고 디저트로는 스콘과 치즈케이크가 준비되어 있다. 이곳의 시그니처 블렌드인 'SYNERGY'와 'DOUBLE-B'와 6주년 기념 블렌드인 '5W1H'가 준비되어 있다. 필터 커피에는 다음과 같은 싱글 오리진이 준비되어 있다.
케냐 바링고 AA, 과테말라 인헤르또 나티보 블렌드, 파나마 까사 루이스 게이샤, 에티오피아 반코 고티티, 파나마 코토와 던칸, 콜롬비아 수단 루메, 콜롬비아 로코 시리즈 #006

.필터 커피 레시피
하리오 드리퍼를 사용하여 약 18.5~19g의 원두에 약 1:15의 비율을 적용하여 280g의 물을 푸어링 하여 커피를 추출한다고 했다.

.SYNERGY (에스프레소)
과일의 산미가 톡 쏘는 듯했고 캐러멜의 부드러운 균형과 균형을 이루었다.

.파나마 까사 루이샤 게이샤 (필터 커피)
재스민과 과일의 산미가 은은하게 퍼지면서 깔끔한 맛을 내고 있어 차를 마시는 느낌이었다. 커피가 가지고 있는 캐릭터가 연하게 느껴졌는데 식을수록 맛이 올라와서 뒷부분에서 이 커피의 개성을 분명히 드러나고 있었다.

.얼그레이 스콘
얼그레이 향이 은은하게 나고 있고 조직이 수분을 머금고 있는 바삭함이 적당한 스콘으로 먹기에 편한 맛이었다.

경기 오산시 원동로 97-25
http://www.instagram.com/escudocoffee

오산 IC에서 들어와서 차로 3분이면 도착할 수 있는 거리로 위치해 있어서 차로 이동 시에는 먼 거리임에도 오기에는 편리한 위치로 보였다. 또는 전철을 이용할 경우에는 오산역에서 도보로 약 27분 정도에 이곳에 도착할 수 있다. 퍼플과 화이트가 조화를 이루는 독립적인 건물에 'ESCUDO'라는 큰 글자가 쓰여 있어서 찾던 그곳임을 바로 알 수 있었다. 문 옆에 있는 로스팅실을 지나 안으로 들어서니 꽤 넓은 공간이 펼쳐졌다. 층고가 높은 실내는 시멘트가 노출된 바닥과 벽, 짙은 브라운 톤의 가구들과 큰 등이 어우러져서 인더스트리얼 풍의 강한 느낌을 주었고, 스피커에서 흘러나오는 느릿한 팝송은 이곳 분위기를 더욱 침착하면서도 편안하게 만들고 있었다. 짙은 색의 원목으로 된 'ㄴ'형의 바가 공간 한쪽에 큰 자리를 차지하고 있었고, 바 앞에 의자가 놓여 있어서 브루잉 하는 모습을 지켜봐도 좋을 듯했다.

메뉴는 커피, 논 커피, 크래프트 콜라, 브루잉 커피 파트로 구성되어 있다.
브루잉 커피를 위한 원두가 5가지가 준비되어 있었고 다음과 같았다.

1)코스타리카 라모나 파인애플 2)코스타리카 라모나 오렌지
3)콜롬비아 핀카 라 에스메랄다 스트로베리 4)콜롬비아 산타모니카 럼 배럴 에이지드
5)2022 COE 온두라스 게이샤
메뉴 중에서 눈에 띄는 '크래프트 콜라'는 100% 천연재료만을 이용해서 이곳에서 직접 만든 콜라라고 한다. 우리에게 친숙한 콜라가 아닌 1870년대 처음 만들어진 방식대로 각종 향신료와 시트러스 과일에 나이지리아산 "콜라너트"까지 넣은 100% 천연재료의 수제 콜라라는 설명이 있었다.
몇몇 쿠키와 조각 케이크가 디저트로 준비되어 있다.

.브루잉 커피 레시피
아이스커피의 경우에 서버에 얼음을 넣고 하리오 드리퍼를 사용하여 원두 30g에 1:10을 적용하여 총 300 g의 물을 푸어링 하여 커피를 추출한다고 했다.

.코스타리카 라모나 파인애플 (브루잉 커피)
밝은 산미와 함께 달콤한 파인애플의 향이 올라왔고 곧이어서 발효 취와 쏩쓸함, 와인 향이 느껴졌다. 파인애플의 향이 직관적으로 나서 아이스커피에 잘 맞는 원두로 보였다.
'Fruit Fermentation Anaerobic ' 란 카드 설명이 있었다.

.크래프트 콜라 에이드
첫 모금을 들이켜니 팔각과 고수 향을 합친 것 같은 향과 함께 약 냄새 같은 향이 진하게 났고 달콤하면서도 톡 쏘는 콜라 맛으로 이어졌다.
콜라 맛에 여러 향이 섞인 고급스러운 콜라를 먹는 느낌이었다.

경기 의왕시 바라산로 1

의왕 쪽에 롯데 프리미엄 아울렛, 타임빌라스가 새로 오픈하였다고 하여 방문하였다. 각종 의류 매장들과 다양한 종류의 음식점들이 모여있는 식당가 외에도 아이들이 뛰어놀 수 있는 야외 공원도 있어서 주말에 가족끼리 놀이 삼아 오기에 적당한 곳으로 보였다. 건물 중앙에 있는가 공원을 둘러싼 음식 매장들 중에서 'Podium Coffee'가 눈에 들어왔다. 실내로 들어서니 큰 창문을 통해 들어오는 채광을 배경 삼아 높은 층고에 밝은색 원목 가구를 배치하여 쾌적한 분위기를 만들고 있었다. 계단을 통해 내려가면 또 다른 공간이 나타나는데 창을 통해 들어오는 바깥의 전원 풍경과 원목의 격자무늬 파티션과 테이블, 의자들이 적절히 조화를 이루면서 편안한 분위기를 만들고 있었다. 한쪽 공간에는 스트롱홀드 로스터가 있는 로스팅 실이 있어서 직접 로스팅 하는 로스터리 카페임을 알 수 있었다.

음료 메뉴의 큰 타이틀은 커피, 논 커피, 보틀, 포듐 시그니처로 이루어져 있고, 커피 메뉴 중 드립 커피는 '파푸아뉴기니 마라와카 블루 마운틴' 원두가 준비되어 있다. 주문하는 바 옆에는 팔미에, 빵오쇼콜라 등 몇몇 페이스트리와 크루아상이 먹음직스럽게 진열되어 있었다.

.드립 커피 레시피
킨토(kinto) 드리퍼를 사용하여 원두 21g에 300g 물을 드립 하여 커피를 추출한다고 했다.

킨토는 직선의 리브와 큰 추출 구를 가진 드리퍼로 커피 추출하기가 쉽고 깔끔한 커피 맛을 낼 수가 있다고 했다.

.파푸아뉴기니 마라와카 블루마운틴 (드립 커피)
티의 쌉싸름한 맛이 과일의 산미, 설탕의 단맛과 함께 조화를 이루어 진한 맛을 냈고 전체적으로 깨끗한 맛이었다.

.사과파이
바삭하면서도 촉촉한 파이에 사과 알갱이가 씹히는 상큼한 잼이 더해져서 풍부하면서도 담백한 맛을 가지고 있었다.

경기 평택시 장안웃길 12
http://www.instagram.com/hocuspocus.roasters

송탄역에서 마을버스로 15분 거리에 있는 국제대학의 뒤편의 조용한 마을로 들어서서 지도 앱을 따라가다 보면 4개동으로 되어있는 검은색 건물들과 넓은 주차장을 볼 수 있어서 '호커스포커스 로스터스' 임을 바로 알 수 있었다. 원색의 파라솔들이 곳곳에 놓인 잘 꾸며진 정원은 화창한 날씨 덕에 더욱 예쁜 풍경을 만들고 있었다. 멋진 정원을 지나 안으로 들어가니 입구 옆에 사방이 통유리로 된 규모가 꽤 있어 보이는 로스팅 실이 위치해 있는 것이 눈에 띄었다. 로스팅 실과 커피 바가 있는 공간을 중심으로 양쪽과 2층에 음식을 먹을 수 있는 공간이 있었는데, 한 파트는 화이트톤, 또 다른 파트는 블랙톤으로 세련되면서도 쾌적하게 꾸며져 있는 모습을 볼 수 있었다. 한편 이 공간 내에서 가장 눈에 띄는 곳은 커피 바였는데 기다란 회색 바에 스피릿 에스프레소 머신, 메져, 말코닉 그라인더 와 마노 드립 머신, 빈 도저 등 고급 사양의 커피 관련 도구들이 놓여 있었고, 바 주변이 구리로 꾸며져 있어서 전문성과 고급스러움이 더하는 듯했다.

메뉴는 크게 커피, 논 커피, 에이드, 티, 디저트로 되어 있고 브런치 파트도 따로 준비되어 있다. 에스프레소 메뉴는 밀크 초콜릿, 호두 같은 단맛과 쓴맛의 균형이 좋은 '긱 블렌드' 와 과일의 은은한 산미, 카라멜 같은 단맛의 여운이 좋은 '라퓨타 블렌드'와 '디카페인' 중에서 선택할 수 있다. 브루잉 파트는 크게 언에어로빅/ 엑스트라 오디너리, 내추럴, 워시드, 게이샤, 블렌디드로 나누어져 있고 약 19종의 원두가 준비되어 있었다.
직접 구운 케이크와 도넛, 쿠키, 구움 과자 등이 디저트로 준비되어 있었다.

.브루잉 커피 레시피
드립 머신인 '마노'로 브루잉 커피를 추출하고 있으며, 18.3g 원두에 1:15.5을 적용하여 283.5g 정도의 물이 푸어링 되어 추출되었다고 했다.
레시피가 컴퓨터에 파일화되어 있어서 직원 누가 내려도 동일하게 커피 맛이 나올 수가 있다고 한다.

.콜롬비아 로꼬 시리즈 #26 멜로나 (브루잉 커피)
아이스크림 멜로나의 익숙한 향이 첫 모금에서 부드럽게 났고, 살구, 포도의 산미와 설탕의 단맛과 티의 쌉싸름함이 어우러져서 부드럽게 뒤를 이어갔다. 누구나 편하게 마실 수 있는 농도로 느껴졌다.
.라퓨타 (에스프레소)
콜롬비아 50%, 에티오피아 벤사 내추럴 30%, 에티오피아 벤사 워시드 20%
자몽과 포도가 섞인 듯한 맛과 산미가 부드럽게 다가왔고 시럽의 단맛과 티의 쌉싸름함으로 마무리했다. 전체를 감싸는 부드러움이 인상적이었다.
.츄러스 약과 도넛
시나몬이 들어간 츄러스와 약과 조각, 도넛 맛이 각자 나면서 전체적으로 조화를 이루는 독특한 도넛이었다.

84 와일드그라스

경기 평택시 평택3로 89 1층
https://instagram.com/wildgrass.coffee

평택역에서 버스로 10분 거리에 있는 조용한 한 동네의 작은 도로변에 '와일드그라스'가 위치하고 있었다. 특별한 간판은 없었지만 주변의 느낌으로 찾던 곳임을 바로 알 수 있었다. 단독 주택을 개조하여 만든 이 카페는 화창한 날씨 때문인지 모든 창들이 오픈되어 있었고 실내로 들어서는 순간, 마음이 저절로 오픈되면서 시원함과 편안함이 동시에 밀려오는 듯했다. 실내는 시멘트가 노출된 벽을 배경 삼아 진한 브라운 톤의 원목가구들을 배치하였고, 중국집이나 일식집에서 볼 듯한 커다란 한지 등을 곳곳에 배치해서 빈티지하면서도 고급스러움이 동시에 갖고 있는 오묘한 분위기를 만들고 있었다. 한편 스피커에서 들려오는 경쾌한 팝은 이곳에 편한 분위기를 더해 주고 있었다. 한편 실내 안쪽에 붉은 벽돌로 공간을 분리해 놓은 모습을 볼 수 있었고 이곳에서 음료와 디저트를 만들고 주문도 받고 있었다.

메뉴는 크게 에스프레소 머신, 핸드 브루잉, 시즈널 베버리지, 티메이커스 블렌디드로 되어 있다. 핸드 브루잉 커피는 에티오피아(구지 우라가 하와타 워시드, 리무 아가로 내추럴), 과테말라 인 헤르또 파카마라 워시드, 케냐 기티투 AA, 브라질 옐로우 이아몬드 펄프드 내추럴, 페루 라스 에르마나스 콘트라레스, 콜롬비아 마운틴 워터 수프리모 디카페인 7가지의 원두가 준비되어 있 다. 음료와 함께할 사이드 메뉴로는 브라우니, 레몬 마들렌, 후르츠 파운드, 오렌지 코엔도르, 레몬 커스터드 타르트, 호박 크림치즈 타르트, 옥수수 스콘, 코코넛 레밍턴 등 다양한 구움과자 가 준비되어 있다.

.핸드 브루잉 커피 레시피
각 원두의 성질에 따라서 분쇄도, 원두 양, 추출량을 조절한다고 했다.
케냐 커피 추출 시에는 하리오 드리퍼를 사용하여 원두 18g에 165g의 커피를 추출하여 가수를 하는 방법을 사용한다고 했다. 중간중간 뜨거운 물이 들어 있는 포트를 바꾸어서 물의 온도를 유 지하면서 커피를 추출하는 것이 인상적이었다.

.케냐 기티투 AA (핸드 브루잉)
말린 토마토를 커피와 함께 추출한 것처럼 짭짤한 토마토 맛과 향이 진하게 느껴졌고, 이어서 티 의 쌉싸름함이 뒤를 길게 끌고 갔다. 묵직한 듯하면서도 고유의 캐릭터를 잘 드러내는 커피였다.

.코코넛 레밍턴
크림이 들어있는 달콤하면서도 촉촉한 케이크가 코코넛 조각들과 함께 입안으로 들어와서 담백 하면서도 꽉 찬 맛을 주고 있었다.

경기 하남시 미사강변한강로220번길 36 1층
https://www.instagram.com/cafe220_

미사역 3번 출구에서 나와서 하남 종합운동장을 지나서 14분 정도 가다 보면 아파트 단지가 나오고 그 주변 한 상가에 위치한 이 카페가 온라인상에서 봤던 바로 그 모습이어서 '카페 220'임을 바로 알 수 있었다. 비가 부슬부슬 오고 있음에도 열려있는 문으로 들어가니 젊은 사장님들이 밝은 인사로 맞아 주어 환영받는 기분이 들었다. 조그만 조명등들에서 나오는 노란 불빛이 이 곳 곳곳을 비추고 있어서 밝으면서도 따뜻한 분위기를 갖고 있는 실내가 한눈에 들어왔다. 우드 바닥에 'ㄴ'자의 우드 톤 바를 한 가운데 크게 놓고 주변으로 좌석들을 배치한 구조여서 로컬 카페임에도 커피 전문점의 위상을 그대로 나타내고 있었다. 이곳은 바리스타 기술협회 바리스타 트레이너 2인이 운영하는 곳으로 원데이 클래스와 한국바리스타 기술협회 자격증반도 개설해 놓고 있었다.

메뉴는 핸드드립 커피, 커피 메뉴, 시그니처, 논 커피, 수제청 에이드, 수제 과일차, 차, 기타 음료로 다양하게 구성되어 있다. 핸드드립 커피에는 오늘의 커피 '케냐 마차코스 ABC PLUS', 스페셜티 커피 '콜롬비아_M 엘 디비소 수프리모', '220 시그니처 블랜드'가 준비되어 있다.

.핸드드립 레시피
하리오 드리퍼를 사용하여 원두 18g에 1:16을 적용하여 커피를 추출한 다음에 약간의 가수를 하여 커피를 완성한다고 했다.
추출 초반에는 산미와 향이 집중적으로 추출되고, 추출 후반에는 초콜릿의 비터니스, 고소함이 집중적으로 추출되기 때문에 원두 특성에 따라 추출 법을 약간씩 달리하고 있다는 사장님의 설명이 있었다.

.케냐 마차코스 ABC PLUS (핸드드립 커피)
베리류의 산미와 견과류의 고소함이 조화를 이루는 맛으로 새콤하면서도 산뜻한 티의 느낌이 났다.
.카페라떼
예쁜 백조가 그려져 있어서 보는 즐거움이 있는 카페라떼는 진한 초콜릿의 비터니스를 가진 커피와 부드러운 우유가 어우러져 부드러운 밀크 초콜릿의 맛이 났고, 언뜻 느껴지는 단맛이 매력적이었다. 추운 겨울에 마시는 따뜻한 코코아가 생각났다.

경기 화성시 동탄대로 469-12 린스트라우스 앨리스빌 1085호
https://instagram.com/meaningfulcoffeeroasters

동탄역에서 11분 정도 가다 보면 나오는 상가 거리 엘리스빌, 중앙광장 한쪽에 위치한 붉은 벽
돌의 건물에 붙어 있는 'Meaningful Coffee Roasters'라는 메탈 소재의 간판은 첫인상부터 강
렬했다. 노출된 시멘트 바닥과 벽, 메인 바를 둘러싼 메탈라인, 높은 천장은 인더스트리얼 풍의
강한 느낌을 주고 있었고 반면에 다양한 모양의 가구들과 이들을 비추는 은은한 조명은 이곳을
편안하면서 아늑한 분위기로 만들고 있었다. 스피커에서 흘러나오는 비트감 있는 해외 팝송은
분위기를 한결 경쾌하게 만들고 있었다. 강인함과 아늑함이 공존하는 느낌을 받았다. 분리된 다
른 공간은 안정감이 있어 보이는 블랙톤 배경에 브루잉 머신과 큰 테이블이 놓여 있어서 커핑,
세미나, 단체 모임에 적합한 공간으로 보였다.

음료 메뉴는 크게 에스프레소 드링크, 필터 커피, 티, 베버리지 에이드로 구성되어 있다.
에스프레소 메뉴는 견과류의 고소함과 달콤한 향미, 풍부한 크레마가 있는 위너 블렌딩(Dark Roast)과 은은한 산미와 함께 열대과일의 향들이 있는 시크 블렌딩 (Medium Roast)에서 선택할 수 있다. 필터 커피는 브라질 파젠다 내추럴, 과테말라 와이칸 워시드, 콜롬비아 허니 썸머 선라이즈 무산소 이스트, 에티오피아 예가체프 워르카 우리 워시드, 에티오피아 시다모 물루게타 문타샤 내추럴, 에티오피아 예가체프 반코 고티티 무산소 내추럴 로 총 6종의 싱글 오리진 중에서 선택할 수 있다.
미국의 유명한 더 치즈케익 팩토리의 케이크들과 체코에서 온 말렌카 꿀 케이크들과 함께 직접 구운 몇몇 수제 쿠키들이 디저트로 준비되어 있었고 이 중에서도 말차 라즈베리 쿠키등이 손님들에게 인기가 있다고 한다.

.필터 커피 레시피
브루잉 머신 아이레아(i Rhea)를 사용하여 커피를 추출하고 있으며 원두 20g에 1:12의 레시피가 적용되고 있고 각 원두마다 다른 레시피가 입력되어 있다고 했다.
사용 중인 아이레아(iRHEA) 5그룹은 국내에 없는 펄블랙 컬러로 기존 제품보다 훨씬 고급스러움을 더한 제품이라고 했다.

.에티오피아 시다모 물루게타 문타샤 네추럴 (필터 커피)
첫 모금에서 향긋한 장미 향이 묻어나는 쌉싸름한 허브티를 느낄 수 있었고, 자두의 산미와 잘 달인 설탕시럽의 단맛이 균형을 이루면서 후미까지 깨끗함을 유지하고 있었다.
향이 좋은 커피임에도 적당한 바디감도 가지고 있었다.
커피 옆에 놓일 카드를 읽어보니 2022 COE(Cup of Ethiopia) 1위, 4위, 6위, 8위, 2021 COE (Cup of Ethiopia) 2위, 6위, 15위를 한 좋은 이력을 가지고 있는 커피였다.
.플레인 치즈케이크
더 치즈케익 팩토리에서 온 플레인 치즈케이크는 시나몬 통밀 크러스트 위에 꾸덕꾸덕하면서도 달콤한 크림치즈가 한가득 들어 있어서 제대로 된 치즈케익을 먹는 느낌이었다.

87 331커피로스터스

경북 김천시 대항면 황악로 1553
https://instagram.com/331roasters

김천 지역으로 들어서서 직지사 쪽으로 거의 다 와서 내비게이션을 따라가다 보면 개천을 끼고 있는 한쪽 편에서 전체적으로 검은색을 띠고 있는 제법 규모가 있는 건물을 볼 수 있었고 가려던 그곳이었다. 가까이 다가가니 'CAFE 331'이라는 큰 글자가 문 위에 강렬하게 써져 있고, 문 옆에는 이곳 대표가 각종 대회에서 수상한 실적이 쓰여 있는 큰 안내문이 붙어 있는 모습을 볼 수 있었다. 실내로 들어서니 낮은 조도의 조명 아래 짙은 브라운 긴 원목 바가 공간의 한 부분을 크게 차지하고 있었고 그 위에 각종 커피 도구들이 놓여 있는 모습이 한눈에 들어와서 고급스러운 커피 전문점에 들어왔다는 느낌이 순간 들었다. 이곳은 2층으로 된 구조로 2층으로 올라가니 테이블과 의자들이 놓여 있는 꽤 넓은 공간이 나왔다. 벽 쪽으로 난 창가 테이블에서는 바깥의 풍경도 볼 수가 있어서 커피 마시며 구경하며 앉아 있어도 좋을 자리로 보였다. 또한 1층 내부 한쪽에 대용량의 프로밧과 스트롱홀드 로스터기들이 놓여 있는 모습과 다양한 전문 커피 도구들이 곳곳에 놓여 있는 모습들을 볼 수 있어서 이곳 사장님의 커피에 대한 열정을 짐작게 했다.

메뉴는 크게 커피, 티, 라떼, 스무디/셰이크로 구성되어 있다. 디저트로 크룽지, 빨미까레, 갈릭 파이가 준비되어 있었다. 필터/브루잉 커피에는 에티오피아, 과테말라, 브라질 커피가 준비되어 있고, 스페셜 브루잉 커피를 위한 커피는 따로 준비되어 있는데 9종으로 다음과 같다.
콜롬비아 부에노스 아이레스, 멕시코 산타 크루즈, 콜롬비아 엘 엔칸토, 코스타리카 나랑조 라 미니야, 멕시코 라 일루전, 에티오피아 물루게타 문타샤 레게세, 콜롬비아 라 빅토리아, 콜롬비아 산 라파엘, 콜롬비아 라 룸브레라

.브루잉 커피 레시피
브루비라는 브루잉 머신을 사용하고 있으며 원두 20g에   물 270g으로 세팅되어 있다고 했다.

.콜롬비아 부에노스 아이레스 (스페셜 브루잉 커피)
와인의 발효 향과 레몬그라스의 쌉싸름함, 산미가 어우러져서 진한 맛을 냈고 깊은 단맛으로 맛의 깊이를 더했다.
.에티오피아 예가체프 (브루잉 커피)
자몽과 허브가가 믹스된 티에서 나올 법한 산미와 쌉싸름함이 느껴졌고 설탕의 진득한 단맛이 균형을 맞춰주고 있었다
향을 잘 살리는 오리가미 컵에 제공되었다.
.갈릭 파이
달콤함과 진한 마늘향이 나는 결이 살아있는 촉촉한 파이였다.

세종 조치원읍 으뜸길 233 1층
https://instagram.com/modest_impact

기차 '무궁화호'를 타고 가다 조치원역에서 내려서 밖으로 나오니 세종시로 가는 버스 정류장이
표시되어 있었고, 일반 버스 정류장도 있었다. 지방 소도시의 느낌이 있는 이곳에 커피 맛집이
있을까라는 의심을 가지고서 음식점들이 모여있는 작은 도로 쪽으로 1분쯤 가다 보니 모디스트
임팩트 로고 간판이 달린 곳을 볼 수 있었다. 오래된 듯한 동네에서 마주친 이곳의 외관은 흰색
벽에 카키색 테두리의 문을 가진 모습으로 꽤나 모던해 보였다. 실내 역시 흰색, 옅은 카키색,
원목의 색깔이 조화를 이루는 가운데에 층고가 높았고 스피커에서는 나지막한 음성의 팝송이
은은하게 흘러나오고 있어서 팬시한 공간을 만들고 있었다. 자리를 잡고 앉아있으니 어디선가
선선한 바람이 불어오고 있었고 바에 비치된 물 한 컵에서는 신선한 레몬의 상큼함을 느낄 수
있어서 쾌적한 느낌을 받았고 여러모로 첫인상이 좋은 카페였다. 실내 끝 쪽에는 로스팅 실이 배
치되어 있고 로고가 새겨진 커피 머신과 네 대의 그라인더가 바에 놓여 있었으며 창가 쪽으로
는 브루잉 도구들이 놓여있어서 전문성이 돋보였다.

메뉴는 크게 커피, 시그니처 커피, 부루잉 커피, 논 커피, 밀크, 티로 구성되어 있고 디저트로는 스콘과 크로플이 준비되어 있다. 브루잉 커피는 핸드드립 커피 + 원두 선택 가능으로 되어 있고 원두는 모디스트 블렌드, 온두라스 엘 마난티알 워시드, 에티오피아 구지 케르차 내추럴이 준비되어 있다.

.브루잉 커피 레시피
하리오 메탈 드리퍼를 사용하여 원두 20g에 1:14를 적용하여 280g의 물을 푸어링 하여 약 240g의 커피를 추출했다.
차수에 따른 물의 양은 60, 60, 60, 60, 40g이라고 하였다.

.온두라스 엘 마난티알 워시드 (브루잉 커피)
커피를 한입 들이키니 초콜릿의 쓴맛과 청량한 단맛이 균형을 이루면서 올라왔고 자몽의 알싸한 신맛이 끝을 이어가고 있었다. 가볍지 않은 중후한 맛이었지만 깨끗한 맛을 유지하고 있었다.

.크림치즈 초코 스콘
초코가 많이 들어간 스콘은 조직이 단단하고 바사삭 부스러지는 느낌이 강해 쿠키에 가까운 맛이었고 중간중간 느껴지는 크림치즈 맛이 인상적이었다.

전북 고창군 부안면 전봉준로 919-25
https://instagram.com/armeria_cafe

선운사에서 차로 12분쯤 가다 보면 나오는 논밭이 있는 한 지역에서 이곳을 만날 수 있었다. 초입은 시골 마을이었는데 그 뒤에는 작물이 심어져 있을 것 같은 넓은 평지가 보였고 예쁜 외관을 가지고 있는 카페가 보였다. 이곳을 다녀온 사람들은 유럽 감성 카페라고들 하던데 바로 그 느낌이었다. 지금은 비어있는 벌판이 가을에는 이 카페의 이름이기도 한 '아르메리아'가 피어 진 분홍의 장관을 펼치기도 한다고 했다. 실내로 들어서니 천장의 목재가 그대로 드러난 실내에 각기 다른 모양의 테이블과 의자들, 조명, 그림, 다양한 찻잔 등이 한눈에 들어오면서 외관에서 느꼈던 유럽 감성이 실내에도 그대로 이어지고 있었다. 스테인드 글라스가 그려진 창은 옛스러워 보였고, 그 창을 통해 보이는 바깥의 푸른 광경을 보며 차를 마시고 있는 손님들의 모습은 평온해 보였다. 이곳은 이 지역에서 쭉 살아온 사장님 가족들이 운영해 나가고 있는 카페로 안 사장님의 취향을 그대로 옮겨 놓은 것은 부연 설명도 들을 수 있었다.

이곳에서는 커피 메뉴 외에도 라떼, 에이드, 차등의 음료 메뉴와 디저트로는 크로와상, 애플 케이크 등이 준비되어 있고, 식사용으로 파스타,고구마 피자,샌드위치 등이 준비되어 있다.

.드립 커피 레시피
드립 커피를 주문하였더니 콜롬비아 커피로 추출한다고 했다. 저울로 계량을 하지 않고 계량스푼으로 두 스푼 정도의 커피를 하리오 드리퍼에 담은 다음 눈대중으로 커피를 추출하는 모습을 볼 수 있었다.

.콜롬비아 커피 (드립 커피)
신맛과 쓴맛이 살짝 느껴지지만 전체적으로 단맛이 지배하는 은은한 커피의 맛으로 바쁘지 않은 평화로워 보이는 이곳 분위기와 잘 어울리는 맛이었다.

.복분자 차
오는 도중에 복분자 농장이라는 팻말을 곳곳에서 볼 수 있었다. 이 고장에서 많이 재배하고 있는 작물인 것 같아 복분자 차를 주문해 보았다. 복분자 향이 나는 새콤한 맛으로 재료의 신선함과 무게감이 그대로 전해져서 건강한 맛으로 다가왔다.

충남 예산군 삽교읍 두리3길 48-10
https://instagram.com/sapgyocoffeeclassic

예산에 위치한 이곳으로 가는 중에 유축기가 걸려있는 젖소 키우는 곳과 사과밭들을 볼 수 있었다. 이 광경을 신기해하며 쭉 가다 보면 읍 정도의 작은 번화가가 보이고 그 뒷골목에서 이 카페를 만나게 되었다. 골목의 소소한 식당들과 집들이 모여 있는 동네에 하얀 외관을 하고 있는 소담한 기와집이 있었고 지붕 위에 '삽교커피클래식'라는 커피잔 모양 간판이 있어서 이곳이 그곳임을 바로 알게 되었다. 외지 사람들이 방문할 것 같지 않은 시골 동네에 위치한 카페가 유명하다고 하니 호기심을 가지고 안으로 들어갔다. 한옥을 리모델링하여 아늑해 보이는 실내는 손님들로 붐볐다. 시멘트를 노출시킨 바닥과 천장의 노출된 서까래는 빈티지한 느낌이지만 원목 테이블에 꽃무늬 의자들과 군데군데 배치한 초록 잎의 나무들, 레이스 커튼 등과 함께 은은하게 흘러나오는 팝송은 따뜻한 분위기를 만들고 있었다. 이 공간은 사장님 자매분이 셀프 인테리어를 한 것이라고 했다.

이곳의 메뉴는 커피 메뉴 외에 수제 라떼, 수제 티, 수제 빙수 등 다양하게 준비되어 있고 디저트 또한 앙버터 베이글, 이태리 가정식 티라미수, 영국식 유기농 스콘 세트 등 이곳에서 직접 만든 것들로 준비되어 있다.

이곳은 무쇠솥 로스팅을 하고 항아리 숙성을 하는 곳으로 유명하다고 했다. 무쇠가 음식의 고유한 맛을 극대화해 준다는 걸 직접 경험하고 나서 무쇠 뻥튀기 솥을 개조해서 로스팅기를 직접 만들어 로스팅을 하고 있고 신선하면서도 개성 있는 커피의 맛을 내기 위해 커피를 항아리에 보관하고 있다고 했다.

.핸드드립 커피 레시피

융 드리퍼를 사용하여 17g의 원두에 120~140g의 물을 드립 하여 진하게 커피를 추출한 다음에 취향에 맞게 물을 첨가하는 방법을 사용하고 있다고 했다.

.파푸아 뉴기니 모로베 (핸드드립 커피)

무쇠솥으로 로스팅 하여 진한 쓴맛이 단맛과 함께 났고 구수한 맛이 은은하게 이어져 갔다. 농도가 짙은 커피임에도 맛들이 뭉쳐져서 나는 무거운 맛은 나지 않았다. 물을 조금 첨가하니 쓴맛은 덜해지고 약간의 신맛이 살아나면서 전체적으로 부드러운 맛을 내고 있었다.

.이태리 가정식 수제 티라미수

마스카포네 치즈, 생크림이 적당한 비율로 믹스된 달콤하면서도 꾸덕꾸덕한 크림치즈 와 달짝지근한 커피를 잔뜩 머금은 시트지의 조합이 좋았고 또한 토핑으로 얹은 카카오 닙스가 고소한 맛을 더해 케이크의 맛을 완성해 주는 듯했다.

91 오월의숲

충남 천안시 서북구 세관길 78
http://www.instagram.com/mayforest_coffee

1호선 두정역에서 버스로 25분 걸리는 곳에 위치해 있어서 버스를 두 번 갈아타야 했고 그 후에도 8분 정도 걸어가야 도착할 수 있어서 차로 이동하는 것이 더 편리하다는 생각이 들었다. 대로변을 따라 쭉 들어서 있는 상가들이 중에서 '오월의숲'이란 작은 간판이 세워져 있는 통유리로 된 건물을 볼 수 있었다. 이곳은 3층으로 이루어져 있는데 1층은 로스팅 실과 주문과 음료를 만들 수 있는 바, 디저트 냉장고 등이 놓인 공간이었고, 2,3층이 음료와 디저트를 을 수 있는 공간으로 이루어져 있었다. 2층은 나뭇잎과 나무줄기들이 실내 전체를 감싸고 있었고 커다란 등에서 나오는 은은한 조명과 돌아가는 실링팬으로 인해 더욱 시원하게 느껴지는 바람 등으로 인해서 오월의 숲을 연상케 했다. 스피커에서는 조용조용하게 흘러나오는 생동감 있는 음악이 더욱 숲속으로 인도하는 듯했다. '오월의숲'이라는 낭만적인 카페 이름과는 달리 이곳은 산지와 직접 연결을 통해서 로스터, 소비자까지의 투명한 사슬 연결고리 역할을 하고 있으며, 방대한 로스팅 노하우 보유하고 있다고 했다.

메뉴는 아메리카노 / 에스프레소, 익숙한 커피, 시그니처 커피, 싱글 오리진, 최고급 싱글 오리진, 우유 음료, 상하 목장 아이스크림, 수제 요거트, 밀크 티, 프리미엄 티, 수제청 에이드, 과일차, 과일쥬스로 다양하게 구성되어 있다. 아메리카노와 에스프레소는 어느멋진날, 쉘위댄스, 블랙스완인 3종의 블렌드와 디카페인 중에서 선택할 수 있다. 싱글 오리진은 5종의 원두, 최고급 싱글 오리진 4종의 원두가 준비되어 있고 부루잉 머신, 고노 핸드드립, 에스프레소 중에서 추출 방법을 선택할 수 있다..
쉬폰 케이크, 바스크 치즈 케이크, 티라미수, 초코 케이크, 휘낭시에, 스콘, 쿠키 등이 디저트로 준비되어 있다.

.핸드드립 레시피
싱글 오리진 원두 선택 후에 고노와, 하리오 드리퍼를 사용하는 브루잉 머신 중에서 추출도구를 선택할 수 있다. 고노 드립의 경우에 원두 25g에 정통 나선형 방식으로 220g의 물을 천천히 드립 하여 약 200g의 커피를 완성한다고 했다.

.코스타리카 FF+ 오렌지 (핸드드립)
이중으로 된 크루브 컵에 제공된 커피는 모여진 입구에서부터 상큼한 향이 올라왔고 오렌지의 산미, 블랙 티의 쌉싸름함이 진한 단맛과 함께 균형을 이루면서 강렬하면서도 깔끔함으로 마무리 하였다. 고노 드리퍼로 커피를 추출했기에 진하면서도 깔끔한 맛이 나는 것이 인상적이었다.
.쉘위댄스(에스프레소)
진한 초콜릿의 비터니스가 오렌지의 산미. 오래 졸인 듯한 설탕시럽의 단맛과 함께 깊고 중후한 맛을 내고 있었다.
.피칸, 무화과 치즈 휘낭시에
쫄깃하면서도 부드러운 식감을 가진 휘낭시에는 달콤한 맛을 가지고 있었고 견과류와 무화과 조각들이 간간이 씹히는 질감이 좋은 구움 과자였다.

충남 천안시 동남구 통정10로 7-8
http://www.instagram.com/insightcoffee_official

천안의 신방동 푸르지오 아파트 근처에 여러 먹거리와 가게들이 밀집해 있는 지역의 한 모퉁이에 이곳이 위치해 있었다. 흰색 벽과 파란색의 육중한 문이 인상적이라고 느낄 즈음에 그 위에 큰 글자로 쓰인 'INSIGHTCOFFEE'를 볼 수 있어서 찾던 곳임을 바로 알 수 있었다. 실내로 들어서니 전체적으로 흰색 배경에 회색으로 조화를 이루면서 높은 천장을 가진 꽤 넓은 공간이 나타났다. 마치 현대식으로 개조된 성 안으로 들어온 느낌이었다. 곳곳에 배치된 크고 작은 등들에서 나오는 노란 불빛들과 스피커에서 흘러나오는 잔잔한 음악은 따뜻하면서도 쾌적한 분위기를 만들고 있었다. 단골손님들이 꾸준히 드나들고 있어서 이 지역 핫플레이스로 보였다. 실내의 한쪽 구석에 짙은 갈색의 프레임으로 따로 분리된 공간으로 로스팅 룸이 있어서 로스터리 카페임을 보여주었다.

메뉴는 크게 시그니처, 브루잉, 논 커피, 에이드, 티로 구성되어 있다. 에스프레소 메뉴는 고소한 커피 '밀키슈가'. 산미 있는 커피 '쥬시홀릭' 블렌드와 디카페인 중에서 선택할 수 있다.

브루잉 커피에는 에티오피아 시다마 벤사 봄베 내추럴, 볼리비아 솔 데 라 마냐나 카라나비 피베리 내추럴, 콜롬비아 엘 엘칸토 허니 시트러스, 페루 바술 게이샤 워시드로 총 4종의 원두가 준비되어 있다. 시그니처 메뉴 중 흑임자 커피는 칸타타와 협업을 하여 캔으로 출시가 되었다고 했다. 디저트로는 에그타르트와 다양한 스콘들이 하얀 접시 위에 먹음직스럽게 담겨 있는 모습을 볼 수 있었다.

.브루잉 레시피
하리오 드리퍼를 사용하여 원두 20g에 240~280 ml (1:12 ~14)를 푸어링 하고 총 2분 30초 내외로 추출을 완성한다고 했다. 원두 20g으로 조금 많은 양의 원두를 쓰는 이유는 손님들이 향미를 좀 더 잘 느끼는데 초점을 뒀기 때문이라고 했다.

.볼리비아 솔 데 라 마냐나
카라나비 피베리 내추럴 (브루잉 커피)
베리류의 산미, 견과류의 고소함이 산뜻한 단맛과 함께 좋은 밸런스를 이루고 있었고 티의 쌉싸름함이 뒤를 이어갔다. 무게감이 있었지만 향미가 분명히 드러나는 깔끔한 맛이었다.
.흑임자 커피
간 볶은 깨를 잔뜩 넣어 크림과 섞은 맛으로 굉장히 고소했고, 잔을 기울여 안에 들어 있는 음료와 섞어 마시니 크림 맛이 풍부한 라테 맛이 났다. 음료 위에 뿌려진 크런치 쿠키 조각들은 또 다른 고소한 맛을 추가하고 있었다.
공들여 만든 음료를 한잔 마신 기분이었다. 크림 폼을 계속 유지시키기 위해서 아이스로 제공되었다.
.스트로베리 잼 스콘
담백하고 고소한 스콘 사이에 두툼한 버터와 딸기잼이 들어 있어서 풍부한 맛이 났다.

93 타카무라 와인 & 커피 로스터스

2 Chome-2-18 Edobori, Nishi Ward, Osaka, 550-0002 일본
https://instagram.com/takamura_coffee_roasters

우리나라 사람들이 오사카에 여행 가서 가장 많이 가는 지역인 신사이바시역을 기준으로 도보로 약 30분 거리에 위치해 있었다. 대로변에서 꺾어서 작은 도로변으로 들어서니 멀찌감치 서도 보이는 큰 건물이 그곳임을 바로 직감할 수 있었다. 건물 주변에 모여있는 사람들의 여유로운 모습들과 함께 'TAKAMURA WINE AND COFFEE ROASTERS'로 쓰인 팻말이 찾던 곳임을 제대로 말해 주고 있었다. 사진에서 봤던 만큼이나 큰 크기의 내부는 2층으로 된 창고형의 매장이었다. 1층 200평 정도되는 공간의 2/3 정도를 와인들이 차지하고 있었고, 공간의 끝자락에 카페가 들어서 있는 구조였다. 오픈형인 2층은 음료를 마실 수 있는 공간으로 꾸며져 있었다. 주류 전문점으로 시작하여 전문 와인 숍으로 길러낸 경험을 살려 와인을 선택하는 삼각으로 커피를 볶는다면 지금까지 없었던 커피를 만들 수 있을까?'라고 생각한 것이, 자가 로스팅을 시작하는 계기였고 그로부터 7년 동안 변함없이 매일 커피와 마주하고 있으며, 사업 시작부터 계속되는 Cup of Excellence를 비롯한 양질의 생두도 시즌마다 매입하고 있다고 한다. 또한 지난 몇 년은 커피 관련 각 대회에의 참가하여 수상실적을 쌓는 등 실력을 키워가고 있는 중이라고 했다.

메뉴는 커피, 핸드드립 커피, 에스프레소, 주스, 푸드로 구성되어 있고 기간 한정 메뉴로 준비된 'SAKURA ice & hot'가 눈에 띄었다. 사이드 메뉴론 홈 메이드 도넛이 준비되어 있었다.
핸드드립을 주문한다고 하면 각 싱글 오리진 커피에 대한 설명이 들어 있는 브라운 색깔의 메뉴지를 따로 주었다. 핸드드립을 위한 원두는 cup of excellence 30위 안에 드는 8종의 싱글 오리진과 4종의 싱글 오리진, 2종의 게이샤 등 총 14종의 스페셜티 커피가 준비되어 있었다.
NICARAGUA La Orquídea, BRAZIL Catanduva II, ECUADOR Habitat Forest Coffee, INDONESIA Sukaramai, ETHIOPIA Birhanu Dido Awacho, MEXICO Finca El Bordo, HONDURAS Cerro Azul, Guatemala El Dismante, BRAZIL Fazenda Recanto, COLOMBIA Gabriel Campos, COLOMBIA ALE Process Canpo Hermoso, RWANDA Ruli Lot 1005, PANAMA GEISHA Aurora, COSTA RICA GEISHA Don Mayo El Cedral

.핸드드립 레시피
칼리타 웨이브 드리퍼를 사용하여 원두 15g에 물 220g을 푸어링 하여 커피를 추출했다.

.니카라과 라 오르퀴데아 (핸드드립 커피)
초콜릿의 쌉싸름한 쓴맛, 사과의 새콤함이 진한 설탕의 단맛과 균형을 이루었고 깨끗한 맛을 만들고 있었다. COE 9위를 차지한 커피라고 했다.
.핫 커피
미리 추출해 놓은 배치 브루 커피로 에티오피아의 플로럴한 향과 진한 단맛이 그대로 유지된 블렌딩 커피였다.
.레몬 도넛
쫄깃한 도넛에 새콤한 레몬 설탕시럽이 뿌려져 있어서 달콤하면서도 상큼함이 살아있었다.

552 Higashiaburanokojicho, Shimogyo Ward, Kyoto,일본
https://instagram.com/kurasu.kyoto

교토에 저녁 즈음 도착해서 바로 이곳에 와봤더니 화요일은 오전 8:00~ 오후 12:00시까지여서 이미 영업이 끝난 상태였다. 그다음 날은 오후 6시까지 영업을 한다는 안내문을 보고 아쉽지만 발길을 돌리는 수밖에 없었다. 다음날에 여행 일정도 시작해야 했기에 아침 8시 즈음에 교토역에서 도보로 5분 거리에 있는 이곳을 향해 바로 출발하였다. 바쁜 걸음으로 걸어가니까 어제와는 달리 문이 열려 있는 '쿠라스 (Kurasu)'를 볼 수 있었다. 그리 넓다고 할 수 없는 카페 내부는 아침 음료를 기다리는 사람들로 붐비고 있었다. 실내의 대부분은 'ㄴ' 형태의 바가 차지하고 있었고 그 양 끝으로 이곳에서 판매하는 용품들이나 원두들을 진열한 선반이 위치해 있는 모습을 볼 수 있었고, 'for here'를 위한 약간의 자리가 마련되어 있었다. 'Kurasu Kyoto Stand'가 말해 주듯이 'to go' 손님들이 많아 보였다. 원목으로 된 커다란 'ㄴ'자 바에는 에스프레소 음료를 위한 커피 머신과 장비들, 그리고 필터 커피를 위한 추출 도구들이 나누어져 놓여 있었다.

메뉴는 크게 필터, 에스프레소, 아더즈로 구성되어 있고, 에스프레소 하우스 블렌드는 ¥330, 에스프레소 싱글 오리진은 ¥430으로 제공되고 있고 아메리카노 ¥400, 핸드드립 커피는 ¥500으로 가격이 합리적인 수준이었다. 필터 커피를 위해서는 다음과 같은 5종의 싱글 오리진 커피가 준비되어 있다.
RWANDAUmurage, EL SALVADOR Ever Diaz, EL SALVADOR Don Jaime, HONDURAS Carlos Sagastume Madrid, MEXICO El Triunfo Decaf

.필터 커피 레시피
하리오 드리퍼를 사용하여 원두 16g에 220g의 물을 드립 하여 커피를 추출한다고 했다. 한창 바쁜 아침이었지만 바리스타는 침착하게 한 잔, 한잔 커피를 추출하는 모습이 인상적이었다.

.멕시코 엘 트리운포 디카프 (MEXICO El Triunfo Decaf) (필터 커피)
중후한 초콜릿과 캐러멜의 진한 단맛이 어우러져서 균형을 이루고 있으면서도 산미가 살아 있었고 깨끗한 후미를 갖고 있었다. 뭔가 한 가지 빠진 듯한 디카페인 커피의 맛을 미디엄 다크 로스팅으로 잘 보완한 맛이었다.

.에스프레소 하우스 블렌드 (다크)
진한 초콜릿 맛과 강한 단맛이 균형을 잘 맞추고 있었고 오렌지 필의 쌉싸름한 산미도 살짝 느껴졌다. 진한 맛이었음에도 깨끗함으로 마무리되었다.

브루잉 커피와 카페 투어

1판 1쇄 발행 2023년 12월 15일

지은이 차민영

편집 이새희
마케팅·지원 김혜지

펴낸곳 (주)하움출판사　펴낸이 문현광

이메일 haum1000@naver.com　홈페이지 haum.kr
블로그 blog.naver.com/haum1000　인스타 @haum1007

ISBN 979-11-6440-476-6

좋은 책을 만들겠습니다.
하움출판사는 독자 여러분의 의견에 항상 귀 기울이고 있습니다.
파본은 구입처에서 교환해 드립니다.

이 책은 저작권법에 따라 보호받는 저작물이므로 무단전재와 무단복제를 금지하며,
이 책 내용의 전부 또는 일부를 이용하려면 반드시 저작권자의 서면동의를 받아야 합니다.